# 15라운드를 버틴 록키처럼

# 15라운드를 버틴 록키처럼

세상이라는 '링' 위에서,
오늘도 그로기 상태일
당신에게

권희대 에세이

책밥상

# 좌절한 당신에게
# 구원의 종이 울리기를

책의 제목만 보고 권투나 싸움의 기술을 가르쳐주는 책이 아닐까, 라고 생각하는 독자가 있을지도 모르겠다. 결론적으로 말하자면 이 책은 권투와 전혀 상관없을 뿐만 아니라, 나 또한 태어나서 글러브를 한 번도 껴본 적이 없다.

영화 〈록키〉는 클럽을 전전하며 게임값으로 생계를 꾸려가는 무명의 권투선수 이야기다. 무적의 챔피언 아폴로를 상대로 15라운드를 버티는 록키는 모든 사람의 예상을 뒤엎고 가슴 뭉클한 패배를 보여준다. 경기가 끝나고 피투성이가 된 얼굴로 사랑하는 여인의 이름을 목놓아 부르던 장면은 큰 감동을 안겨주었다. 록키는 아메리칸 드림을 넘어 전 세계인에게 불굴의 투지를 상징하는 인물이 되었다.

나는 오랫동안 글을 썼다. 어떤 권위로부터도 인정받지 않았고 소위 SNS에서 폭발적인 주목을 받은 적도 없다. 글 쓰는 게 좋아서, 최근의 트렌드와는 무관하게 수련하듯 문장을 가꿔왔다. 물론 록키처럼 피를 뚝뚝 흘리며 글을 썼다는 말은 아니다. 글쓰기를 포기하지 않고 어렵게 지속해 온 지난날을 돌아보니 마치 링 위에서 쓴 것과 다르지 않았다는 생각이 든다.

무엇보다 나를 좌절시킨 건 문장의 대가들이다. 그들은 내 상상 속에서 마치 영화 〈반지의 제왕〉에 나오는 석상들처럼 까마득한 높이로 곧추서 있다. 나는 링에 오르기는커녕, 로프 밖을 배회하는 존재가 되어버린 것 같았다. 하지만 가상의 전투에서도 맷집은 생겼고, 또 나름의 버티기가 용기를 주었다. 어느 날 이렇게 나 자신을 록키에 비유하는 방자함까지 생겼으니 말이다.


전투적으로 쓴 이 책의 내용은 일상과 여행에서 만난 사람들에 관한 이야기다. 월간지 기자로, 여행서 기획자로 일하다 보니 여행을 갈 기회가 많았다. 기사작성이나 사진촬영을 위해서 떠난 여행이었지만, 개인적인 감상을 품고 돌아오기도 했다.

그중에는 가볍지 않은 사연들도 있다. 여행지에서 만난 사람들은 대부분 여행가를 비롯해, 현지 가이드, 공연가, 예술가, 장사를 업으로 하시는 분들이다. 외형으로만 보자면 세상에서 크게 이룬 것도 없고 남들보다 가진 게 없는 사람들이다. 하지만 남들에게 차마 드러내지 못한 꿈을 향해, 자신의 이름으로 주어진 인생길을 열심히 걸어가는 이들이다. 그들 중에는 먹먹한 존경이 일어나는 분들도 있었다. 마음속으로 응원을 보내는 것만으로는 모자라, 이렇게 책을 써서 내가 만난 사람들이 조금이라도 잘 되기를 기원하고 있다.

어느 때보다도 어렵고 팍팍한 시기다. 지금 좌절한 사람들에게도 언젠가는 15라운드를 끝내는 구원의 종이 울리리라 믿는다. 단지 '버려서 다행'이 아니라 버려서 소중한 꿈을 지키는 사람이 되었으면 하는 바람이다.

2023년 여름, 권희대

# 차례

프롤로그 좌절한 당신에게 구원의 종이 울리기를

---

## 부러지지 않는 마음

---

## 시간을 들춰 여행을 추억하다

## 내 마음에 여행 온 사람들

## 거울처럼 비추어 꺼내보는

## 두고 온 마음을 보듬다

**에필로그** "오겡끼데스까?"

부러지지 않는 마음

# 세상의
# 무명들을
# 위하여___

평창의 한 식당에서 일어난 일이다. 그날 나는 저녁을 먹고 식당에서 마련한 야외무대에서 무명 가수의 노래를 듣고 있었다. 식당은 기업형으로 한꺼번에 수백 명이 밥을 먹을 정도로 컸다. 한 번도 들어본 적 없는 가수의 이름은, 가명이겠지만 어딘가 성인 만화의 주인공 이름을 빌려온 듯했다. 그의 트로트는 구성지고 맛깔스러웠다. 애절했으며 심지어 내 마음을 따뜻하게 어루만졌다.

트로트를 좋아하는 것은 아니다. 그저 음악의 한 장르로 인정할 뿐. 하지만 그날 가수의 노래는 멋들어졌다. 그곳의 적지 않은 사람들이 나와 같이 느꼈음을 확신한다. 가수는 키가 큰 남자였고 기타를 쳤다. 의상이나 전체적인 분위기는 군 단위의 성인 나이트에 어울릴 법했지만 노래 하나는 인정하지 않을 수 없었다.

그는 나이가 오십이 넘어 보였다. 좋은 스폰서를 만나고 실력 있는 매니지먼트 회사가 붙었다면 어쩌면 그의 인생은 많이 달라졌을지도 모른다. 지방의 소읍에서 소불고기 냄새를 맡아가며 노래하는 대신 고급 호텔의 디너쇼에서 화려하게 실력을 과시했을 것이며 연말 시상식에 단골로 초대되었을 것이다. 안타깝게도 그를 대하는 운명은 인색하기 그지없었고 세상은 그를 알아주지 않았다.

얄궂게도 노래 몇 곡을 하는 사이, 비가 내리기 시작했다. 간이 의자에 앉아 있던 대부분의 사람들은 황급히 식당 안으로 들어가거나 주차장으로 가, 차를 몰고 떠나버렸다. 그의 노래는 훌륭할지 모르지만, 사람들에게 무명 가수의 가치는 거기까지였다. 비가 내리면 사라져 버리고 마는.

하지만 그는 굴하지 않고 끝까지 노래를 불렀다. 할당된 업무를 묵묵히 수행하는 숙련공처럼 기타를 쳤고 사람들이 떠나간 빗속의 벌판을 향해 아랑곳하지 않고 노래를 불렀다.

노래가 끝나고 그는 얼마 남지 않은 청중들에게 짧은 감사의 인사를 던졌다. 늘 그래 왔다는 듯 별다른 감정이 섞이지 않은 담백한 인사였다. 그는 입을 굳게 다물고 악기와 앰프 등의 기자재를 주섬주섬 챙기며 무대를 정리하고 어딘가로 떠나갔다.

그 후로도 비는 그치지 않았다. 세상의 모든 무명들의 기를 꺾겠다는 듯이 퍼부었다.


주차장에 세워두었던 차를 몰고 나오다 그가 서 있던 무대를 다시 한번 쳐다보았다. 이름 모를 가수들이 무수하게 서 있었을, 그리고 설 자리였다. 음표 몇 개를 잃어버린 노래가 떠도는 듯했지만 허름한 무대는 세상에 드러나지 않은 모든 무명들에게 어떤 의지를 심어주는 것처럼 보였다.

그것은 담백하면서도 굳건한 의지였다.

# 불멸의 환상,
## 떠나는 일___

공항의 천장만큼 여행의 향수를 자극하는 것들이 떠돌고 있는 곳이 또 있을까? 공중을 가르는 안내 방송음, 머신에서 쏟아져 나오는 검은 커피 향, 먼 여정의 행선지를 알려주는 전광판들…….

내게는 언제나 커다란 창가에 홀로 앉아 탑승을 기다리는 승객의 실루엣은 망망한 바다의 부유물처럼 보인다.

여행 첫날, 시코쿠 근처의 료칸에서 묵었다. 저녁을 먹고 7시부터 자유시간이 주어졌다. 처음 만난 여행작가들과 단체여행을 떠난 터라, 아는 사람 하나 없는 이곳에서 갑자기 주어진 시간은 대욕장의 물처럼 많게 느껴졌다.

온천에는 몸이 불편한 할아버지 한 분만 있었다. 그는 힘들게 발 하나하나를 떼어 욕탕으로 들어왔다. 몸을 닦고 나가는 그의 뒷모습은 개인사의 중차대한 임무를 완수한 사람처럼 보였다. 혹은 어떤 모호한 관념의 움직임 같기도 하다.

밤에는 어두운 들판 한가운데 불을 밝히고 있는 로손에 가서 아사히 맥주와 오징어를 샀다. 일본의 오징어는 왜 이렇게 맛있는 걸까? 료칸으로 돌아오는 길에 반쯤 지구의 그림자로 덮여 있는 달을 보았다. 달은 다다를 수 없는 이상향처럼 아득한 지평선 위에 떠 있었다. 그 밑으로 차들의 붉은 미등이 끊어질 듯 이어져갔다. 마을 어딘가에서 건널목 개폐기가 내려가는 종소리가 들리고 잠시 후 기차가 지나갔다.

기차는 어둠을 세차게 흔들어 놓는다. 그 혼돈 뒤에 내려앉는 더 농밀한 어둠. 나는 시코쿠의 어느 시골에서 밤기차에 기댄 승객처럼 마을을 바라본다. 이름 모를 산은 몇 개의 농가를 집어삼킬 듯 서 있다.

다음날 다카마츠로 향한다. 그사이 아는 사람들이 생겼다. 호텔에서 여장을 풀고 우리는 선술집으로 갔다. 가이드인 마루타니 상이 가르쳐준 술집은 역 바로 옆에 있어 찾는 데 그리 어렵지 않았다. 선술집에서는 회가 안주로 등장했다.

이름을 알 수 없는 물고기가 접시에 놓인 채 아가미를 헐

떡거리고 있는 게 그리 즐거운 눈요깃거리는 아니었다. 녀석이 자신의 죽음을 의식하는 눈빛이었다. 이상하게도 수족관에 있는 놈들보다 더 또렷해 보였다. 묘한 가학이 지배하던 그날의 술자리는 지느러미가 움직임을 멈추던 순간과 함께 왁자지껄한 분위기로 변했다.

동행들은 앞으로 여행할 기차 노선에 대해 기대에 찬 이야기를 했던 것 같다. 혹은 여행의 낭만에 대해. 거나하게 취한 우리는 선술집을 나와 다카마츠 항으로 걸어갔다. 오후 8시면 대도시는 여전히 휘황한 불빛에 사로잡혀 있을 시간이었다.

하지만 여기는 일본에서도 가장 낙후된 시코쿠의 어느 소도시. 정전이 되기라도 한 듯이 도시는 적막감에 빠져 있다. 간간이 빈 택시만이 방향을 알 수 없는 곳으로 사라져갔고 자전거를 탄 노인들은 유령처럼 지나칠 뿐이었다.

혼자였다면 아마도 나는 어딘가로 전화를 했으리라. 가로등의 불빛마저 반갑게 느껴지는 이곳 소도시에서 내 삶은 잠깐 동안 정체되어 있다고. 그리고 나는 기꺼이 그 정체를 즐기고 있다고.


선술집을 나올 때 수족관에는 서너 마리의 물고기가 헤엄치고 있었다. 다가올 운명을 모르는지, 조바심이나 걱정 따윈 없다는 듯, 녀석들의 움직임은 여유로워 보이기까지 했다. 옆에 있던 동료가 어느 순간 사라져 식탁 위에서 숨을 헐떡이게 될 때도 마찬가지일 것이다. 자신이 접시 위에 오르기 전까지 느긋한 유영은 영원하리라 믿을지도 모른다.

내 삶이 비린 도시 안에서 허우적거리고 있다고 느낄 때 나는 여행을 떠난다. 하지만 여행에서 만나는 건 더 깊은 수렁이거나 고민의 다른 형태일 뿐, 어떤 해결책이 주어지는 것은 아니다. 그럼에도 불구하고 나는 떠난다. 마치 따뜻한 나라의 기억이라도 품고 있는 철새처럼. 그 데자뷔 같은 따뜻함은 어찌 보면 잔인한 것이다.

　머리 좋은 젊은이들은 이미 그 부비트랩에서 빠져나와 순간을 아름답고 발랄하게 살고 있다. 먼 기대를 품고 인내하는 것은 한참이나 어리석은 짓이라고 나를 안타까워한다. 긴 여정의 끝에는 역시 피로와 후회만이 남아 있을 게 뻔하다고.

　모두 다 맞는 말이다. 하지만 쉽사리 벗어날 수 없는 사람들도 있는 법. 어딘가에서 생각지도 못한 무언가를 찾게 되리라는 기대가 없다면 여행이 아니니까. 나의 삶이 아니니까. 내게는 버릴 수 없는 불멸의 환상이다.

# 수제비 맛을
# 감금하는
# 주인의 표정 ___

집 근처에 수제빗집이 하나 있다. 60대 어르신 부부가 하는 곳이다. 남편은 반죽을, 아내는 수제비를 육수에 삶아내는 역할을 한다.

아저씨는 무뚝뚝해 보인다. 살가운 면이라고는 멸치 똥만큼도 없다. 표정도 여느 전통 공방의 장인 같은 얼굴이다. 좋은 말로 하면 시류에 편승하지 않고 오로지 직립하는 예인처럼 심지가 굳어 보이지만, 각도를 달리해 보면 애초에 장사와는 인연이 없어 보인다. 얼굴은 초겨울 숲만큼이나 싸늘하고 입은 언제나 붓으로 그은 것처럼 굳게 닫혀 있다. 단골이 가도 그 흔한 미소 한번 보여주지 않는다. 일거리가 들어오는군, 하는 표정이다.

반면 아주머니는 그런대로 온화한 얼굴을 하고 계신다. 하지만 더 활짝 펼 수도 있는데 아저씨와 어느 정도 보조를 맞추는 듯하다. 마치 마음의 기어를 달고 있는 것처럼. 그런 분위기니 여느 식당처럼 손님을 반기는 모양새는 아니다. 어색한 공기가 가득해서 초기에는 식당에 들어가는 게 불편할 정도였다.

햇수로 6년째 그곳을 드나들고 있다. 내가 아는 전국에서 가장 맛있는 수제빗집이지만 어느 매체에도 소개되지 않았다. 그야말로 숨은 맛집이다. 내게는 실력은 충분하나 매스미디어의 세례를 받지 못해 공감의 지평을 넓히지 못하고 있는 무명작가를 연상시킨다. 일단 한번 영향력 있는 어딘가에 소개되면 문전성시를 이룰 게 뻔하다.

가끔 주인아저씨를 보며 생각한다. 아저씨가 '후렌들리'하게 손님을 대한다면 어떨까 하고. 아마도 수제비의 맛은 그만큼 떨어질 것이다. 맛을 유지하는 비결은 그 '사무라이스러운' 무뚝뚝함에 있을 테니. 여느 식당과 다른 수제비의 쫄깃함은 정성스러운 반죽에서 나오고 그 정성은 아저씨의 고집스러운 표정에서 나온다.

요컨대 아저씨는 굳은 얼굴로 수제비의 맛을 감금하고 있는 것이다. 아저씨가 '헤헤' 하고 웃는 순간 그 집 수제비의 감칠맛은 다른 누군가의 철인 같은 표정을 찾아 어디론가 날아갈 게 분명하다.

어느 날은 그 집에서 저녁을 먹고 나오는데 가게 앞 나무에서 흰 연기가 피어오르고 있었다. 누군가 버린 담뱃불이 옮겨붙은 것 같았다. 주인아저씨에게 황급하게 이야기하니 얼굴색 하나 변하지 않고 양동이에 물을 한가득 가져오신다. 그러고 나서 정신 차리라는 듯이 나무에 냅다 물을 뿌렸다.

　불은 꺼졌지만 아저씨는 고맙다는 말 같은 인사치레조차 없이 다시 들어가 아무 일도 없었다는 듯이 반죽을 했다. 뭐 애초에 기대 같은 건 하지도 않았다. 그의 무뚝뚝함이 바로 맛있는 요리의 비결 같아 시비를 걸 마음이 전혀 없다. 앞으로도 맛있는 수제비만 먹을 수 있다면 말이다.

# 누군가의 꿈을
# 응원한다는 것____

제주도에 아는 사람이 있다는 것은, 여행자가 한 재산 가지고 있는 것과 비슷하다. 더군다나 성수기에도 지인의 집에 부담 없이 묵을 수 있다면.

　내게는 제주도에 자리 잡은 후배가 하나 있다. 과 후배인 데, 서울에서 개인 사업을 하다 제주도로 내려갔다. 영상 관련 사업을 하면서 현재 유튜브 계정을 키우기 위해 여러 노력을 기울이고 있다. 유튜브는 맛집 콘텐츠로, 제목도 내가 지어줬다. '제주별미'. 제주도에서만 싱싱하게 맛볼 수 있는 재료를 사용해서 요리를 만드는 집을 소개하는 채널이다.

후배가 내려오라고 해서 한겨울에 가봤다. 혼자 사는데도 복층 구조의 빌라라 방이 세 개나 된다. 사업하다 망하면 숙박업을 하려고 했나, 라는 생각이 들 정도다. 덕분에 넉넉하고 여유 있게 쉬다 왔다.

당연히 유튜브 채널에서 소개한 식당도 가봤다. 집에서 멀지 않은 곳으로 바로 앞에 바다가 있다. 주방장이자 사장님은 전형적인 일식당 요리사 복장을 하고 있었다. 주방 앞에서 웃는 모습을 보면 일본 요리 만화의 인물 페이지를 그대로 잘라다 실물로 만든 느낌이다. 맛도 괜찮았다. 무엇보다 창밖으로 너르고 푸른 바다가 펼쳐져 있었다. 그래, 이래야 제주지, 라는 생각이 절로 나는 곳이었다.

점심을 거하게 먹고 드라이브를 했다. 드라이브 내내 후배는 구상 중인 영화 시나리오에 대해 들려줬다. 악당들에게 아들이 납치된 주인공이 고군분투한다는 내용이었다. 푸른 바다를 옆에 끼고 달리면서 난관에 빠진 주인공 이야기를 듣는 게 싫지만은 않았다. 아직 세상에 태어나지 않은 내용인데도, 이미 수년 전에 만들어진 영화를 수십 번 보고 이야기하는 것처럼 생동감이 넘친다. 후배가 정말로 하고 싶어 하는 일인 것이다.

후배는 대학교에 다닐 때부터 시나리오를 썼다. 그 당시 끄적거릴 줄 아는 사람들이 마치 자기장에 이끌려 모이듯, 녀석과 자연스럽게 가까워졌다. 가끔 시나리오를 내게 보여줬는데, 그때는 아직 좀 어설프게 느껴졌다. 하지만 몇몇 부분에서는 재능이라고 불러도 좋을 곳들이 군데군데 보였다.

열심히 쓴 덕분에 대학교를 졸업하기 전, 후배는 한 영화 잡지에서 주관한 '한석규 시나리오 공모전'에서 2등의 영광을 안았다. 적지 않은 상금도 받고, 곧 영화화될 것 같았지만 세상 일이 그렇듯, 순탄하게 굴러가지 않았다. 그 후로도 시나리오를 써왔지만 될 듯 말 듯하던 영화작업은 결국 제대로 완결 짓지 못했다.

하지만 후배는 꿈을 포기하지 않았다. 제주도에 온 이유도 사업을 하면서 좀 더 시간을 갖고 시나리오를 쓰기 위해서다. 언젠가 자신의 시나리오가 넷플릭스에서 영화화되기를 꿈꾸면서 여전히 열심히 이야기를 만들고 있다. 푸른 바다를 배경 삼아.

제주 바다에는 많은 생물이 산다. 뭍에서는 보이지 않는 여러 가지 형상을 한 물고기들이. 마찬가지로 후배가 보여주고 싶은 캐릭터와 플롯, 배경들이 녀석의 꿈이라는 바다에서 헤엄치고 있다.

예전에 그 바다에 나가 덜 숙달된 낚시질로 잡아 올린 것들은 아직 세상을 놀라게 할 만한 것들이 아니었다. 몇몇은 아직 성장하지 못했기에 다시 바다로 돌려주기도 했을 것이고. 이제 본격적으로 낚시를 하고 있는 후배는 언젠가는 모비 딕에 나온 고래 같은 '물건'을 캐스팅해 올지도 모르겠다.

물론 누구나 알고 있듯 꿈을 붙잡고 있는 일이 쉽지는 않다. 누군가에겐 낭떠러지에 매달린 지인을 붙들고 있는 '클리프 행어' 같은 일일 것이다. 손에 피가 가득 고여도 좀처럼 놓을 수 없는.

후배가 어느 날 뼈만 남은 다랑어를 배에 태우고 귀환한다면, 나는 무엇을 할 수 있을까(세상의 많은 이들은 그 뼈조차도 만져보지 못할 테지만)? "아직 바다는 넓어"라고 카리브 해의 남자 같은 미소를 보여주며 등을 토닥여 줄 수 있을까? 아니면 "이참에 물고기 뼈로 멋진 간판이나 만들어 보자"라고 넌지시 꿈의 전환을 이야기할까.

꿈을 응원하는 일도 꿈을 버리지 않는 것만큼이나 쉽지 않은 일이다. 상황에 따라 여러 버전을 만들어 둘 수밖에.

# 겨울밤,
## 따뜻한 이야기 ___

아침에 지하철을 타고 회사로 오는데 창밖은 홋카이도나 겨울날의 아키타를 연상시켰다. 건물과 도로 주변으로 흰 눈이 수북하게 쌓여 있고 사진을 찍어 남기고 싶은 풍경들이 철로를 따라 무수하게 지나갔다. 등교하는 아이들, 길게 늘어선 자동차, 점멸하는 신호등은 모두 완벽한 겨울 풍경을 위해 누군가가 가져다 놓은 소품처럼 보였다.

예전 출판사에 다닐 때 알던 지인을 오랜만에 만났다. 7년, 아니 그보다 더 오래된 듯하다. 그는 변한 게 없어 보였지만 한편으로 많은 것이 변한 것 같았다. 번역 일을 그만두고 남편과 게스트하우스를 열었다는 것이다.

　종이를 매만지며 책 읽기에 몰두하던 사람이 낯모르는 사람들을 상대해야 하는 일을 하다니, 언뜻 상상이 가지 않았다. 내 기억 속에 그는 누구보다 조용히 원고를 가다듬는 일이 어울리는 사람이었으니까.

신설동 어딘가에 오픈한 게스트하우스는 평일에도 빈방이 없을 정도로 장사가 잘 된다고 한다. 왜 진작 이 일을 하지 않았는지 후회가 막심하다고 살짝 미간을 찌푸렸다. 간간이 들어오던 출판사 일은 이제 하지 않는다고. 그는 막 왕년의 일을 다시 해 보려는 사람 앞에서 그 일을 출구 없는 미로처럼 보이게 만들었다.

브라보. 하지만 나는 아낌없이 축하해 주었다. 예전에 알던 이들이 어딘가에서 잘 살고 있다는 건 마음이 훈훈해지는 일이니까.

좋은 대학에 들어간 딸 이야기, 새로운 나날들에 대한 걱정과 기대, 기억이 나지 않는 잡담들을 나누고 그와 헤어졌다. 눈은 거의 녹아 도로는 물을 쏟아놓은 듯 질척거렸다. 하지만 동대문 주변의 사람들은 다시 추워질 밤을 대비하기라도 하듯 종종걸음으로 걷고 있었다.

오늘 밤은 매서운 추위가 찾아온다고 아이폰의 날씨가 경고하듯 일러주었다. 도로는 다시 얼어붙고 바람은 날 선 도끼처럼 불어올 것이다. 겨울이, 완벽한 겨울이 되고 있는 날들.

연락이 끊긴 사람들이 잘 살고 있다는 건 겨울밤에 나눌 수 있는 가장 따뜻한 이야기 같다.

# 힘내요,
# 혜원 씨___

회사에서 성희롱 예방 교육을 받았다. 올해로 3년째다. 작년까지 배우들이 출연해 상황극을 보여주는 연극 형식이었는데 올해는 강사 한 분이 나와 이런저런 이야기를 들려주었다.

작년과 재작년에는 배우들이 회사로 왔다. 두 번째 해에는 그룹 중 두 명 정도가 바뀌긴 했지만 핵심 역할은 그대로였다. 그중 주인공 역할을 했던 여배우가 올해도 오지 않을까 내심 기대를 했다. 하지만 강사 한 분이 왔을 뿐이었다.

조직에서 성희롱을 당하는 여주인공은 누구보다도 중요한 역할이다. 사소한 듯 던지는 한마디에도 그가 느끼는 수치심과 모멸감을 공감이 가도록 표현해야 하기 때문이다.

첫해 주인공 역할을 한 '혜원' 씨는 이제 막 연극을 시작한 초짜 같았다. 능글맞은 남자 연기자들에 비해 발음과 발성, 몸동작까지 어느 한 군데 어색하지 않은 곳이 없었다. 그가 대사를 치기 위해 목소리를 높일 때마다 내 손발이 다 오그라들 정도였다. 완성된 연극이 아니라 마치 오디션을 구경하고 있는 느낌이었다. 어서 이 어색함의 순간이 지나가기를 바랄 뿐이었다. 연극은 재미있었지만 주인공의 연기에 후한 점수를 줄 수는 없었다.

두 번째 해에도 같은 팀이 왔고 주인공은 역시 혜원 씨였다. 무슨 연유로 두 번 다 똑같은 팀을 섭외했는지 물어보지는 않았다. 담당자는 교육을 연극으로 한 것에 굉장한 자부심을 느끼고 있는 것이 분명했다.

나는 다 아는 내용이니 시간만 때우다 가자는 심산이었다. 그리고 수준이 떨어지는 연기자 때문에 몸 둘 바를 모르는 순간이 다시 오면 어쩌나 했지만 그는 작년의 혜원 씨가 아니었다. 어색함의 표본 같던 발성에는 힘이 느껴졌고 몸짓에도 자신감이 가득했다.

괄목상대. 1년 만에 실로 놀라운 변화였다. 능수능란하다고 해도 좋을 정도로 무대 위에서 자연스러움을 발산하고 있었다. 같은 내용을 반복하다 보니 몸에 익어서 그럴 수도 있겠지만 무대공포 같은 걸 극복해 낸 듯 보였다.

여러 사람 앞에 설 때마다 심장이 서너 개 더 생긴 것처럼 뛰는 사람들은 그 일을 반복한다 하더라도 좀처럼 그 스트레스를 이겨내기가 쉽지 않다는 걸 잘 알 것이다. 그의 부자연스럽던 연기를 기억하는 나로서는 그 변화에 응원의 메시지를 보내지 않을 수 없었다.

연극이 끝난 후 교육을 평가하는 평가지에 이렇게 적었다.

"혜원 씨. 오늘 연기 너무 좋아요!"

물론 평가지는 회사 내부용이었고 아마도 그가 볼 수는 없을 것이었다. 또 경영팀에서 요구하는 건 교육의 방법과 질에 관한 설문이었다. 누가 이런 장난을 한 거야, 하고 피식 거릴 게 분명했다.

성장하는 사람은 그 자체가 감동이라는 사실을 종이에라도 그렇게 표현하고 싶었다.

# 이사는
# 어려워___

이사를 했다. 살던 곳에서 멀리 떨어진 곳은 아니다. 전철역에서 조금 멀어졌고 아침에 5분 먼저 일어나야 하는 것을 빼면 크게 달라진 것은 없다. 집안의 구조는 이전 집과 비슷하다. 거실의 사이즈가 조금 달라지긴 했다. 가구 몇 점을 구경꾼들처럼 세워놓아야 할 정도니.

이사를 하다가 식탁에 금이 갔다. 대리석 테이블인데 이삿짐센터 직원이 자리를 잡고 안전보를 벗기자 가운데 금이 가 있었다. 흡사 강이 흘러가는 모양이었다. 모두들 한동안 아무 말 없이 그 난처한 강을 바라보고 있었다.

"조심하느라 이거 하나만 트럭에 싣고 왔는데, 나 원 참……."

팀장인지 사장인지, 육십이 넘어 보이는 분이 먼저 말을 꺼냈다. 그 옆에서 동료이자 부인인 것 같은 아주머니가 어두운 얼굴로 금을 문질러댔다. 그렇게라도 사라지게 하고 싶었을 것이다. 직원들은 겨울철에는 이런 일이 흔하게 일어난다며 한마디씩 거들었다. 그중 나이가 지긋한 한 직원이 웅얼댔는데 여러 군데 이빨이 빠져 발음이 새는 그의 말을 제대로 알아들을 수는 없었다.

이삿짐 센터에서 온 분들의 연령대가 하나같이 높았다. 숨을 몰아쉬며 짐을 나르는 모습을 옆에서 지켜보면 안쓰럽기까지 했다. 구 소련 스파이 조직과 이름이 같은 브랜드에 맡겼는데 뭔가 이상했다. 유니폼도 없고 직원들도 프로처럼 보이지 않았다(정체를 감춰야 한다는 조직의 사명까지 이어받은 겐가). 본사로 전화를 걸어 따지고 싶었지만 이집 저집에서 서로 시간에 맞춰 짐이 들고 나가는 상황이라 어쩔 수 없었다. 다행히도 센터의 직원들은 친절했고 마음이 좋아 보였다. 하지만 결과적으로 식탁 하나를 잃게 되었다.

　손해배상을 청구한다면 누군가의 일당이 고스란히 날아갈 것이다. 아파트의 구조 때문에 사다리차도 쓰지 못하고 짐 하나하나를 엘리베이터로 날라야 했다. 10년 만의 이사라 제법 짐이 많았다. 그런 이유로 이사가 마무리된 시간은 밤 10시가 넘어서다. 명확한 잘못을 가름하기도 쉽지 않은 상황에서 하루 종일 고생한 이의 일당을 뺏고 싶지는 않았다. 게다가 일꾼들 모두 어렵사리 살아가는 이들일 터였다. 그들이 집에 들어왔을 때 가장 먼저 풍겨온 것은 고생의 냄새였다. 찌들어 있었고 앞으로도 세탁될 기미는 보이지 않는.

그래도 따져야 할 건 따져야 하는 게 아닌가. 하지만 조만간 대머리가 될 게 확실한 사장님의 성근 머리와 간이라도 상한 듯한 직원들의 시커먼 얼굴과 아주머니의 어두운 표정은 전의를 상실하게 했다. 계약한 회사를 상대로 한들 결국 책임은 그들이 전적으로 질 게 뻔하니까. 더구나 그들은 서로 금의 존재를 확인하기 전까지 너무도 친절하게 내 까탈스러운 요구를 들어주던 사람들이 아닌가.

　사물의 운명이 있다면, 그리고 받아들여야 한다면 지금이라고 생각했다. 식탁은 금이 갔을 뿐이지 해체된 것은 아니다. 미관을 포기하고 그럭저럭 사용하면 된다. 아내와 상의하고 이삿짐 비용을 그대로 드렸다. 사장님은 연신 미안해하며 얼마라도 제외해 달라고 했지만 그러고 싶지 않았다. 몇 푼을 받아낸다 한들 힘들게 일하고도 제대로 품삯을 받지 못한 이들의 이미지가 더 강하게 남아 마음을 불편하게 할 게 뻔했기 때문이다.

　아내인 듯한 분이 그제야 굳은 표정을 풀고 고맙다고 말했다. 내내 마음을 졸였을 것이 분명했다.

그들이 돌아가고 난 후 사장님이 잊고 간 듯한 가죽장갑 한 쪽을 발견했다. 세월의 때가 고스란히 묻어 여기저기 가죽이 벗겨진 게 주인을 꼭 닮아 있었다. 더 이상 따라가고 싶지 않았는지도 모르겠다.

# 글쓰기라는
## 좋은 약___

유명한 소설가의 딸이라는 여자를 만났다. 작은 모임에서였다. 그녀의 어머니는 90년대를 전후해 선풍적인 인기를 끌었고 몇몇 작품은 영화화되기도 했다. 물론 나도 읽어본 기억이 있다.

　소설가는 지금은 작품을 쓰지 않는다. 대신 계약이 끝난 원출판사로부터 판권을 가져와 딸이 개정판을 내고 있다(딸이 1인출판사를 차렸다). 소설가의 이름이 많이 잊힌 터라 뭔가 골동품을 수선해서 팔고 있는 느낌이지만 그런대로 반응이 괜찮다고 한다.

　소설가의 딸은 대학에서 영화를 전공했지만 언젠가는 글을 쓰고 싶다고 했다. 엄마가 소설가이니 오죽하겠나 하는 생각이 들었다. 어려서부터 보고 듣고 자랐을 것이다. 쓴다는 것이 어떤 보상을 주는지 그는 잘 알고 있으리라.

살짝 공중에 떠 있는 상태로 세상을 조망하는 표정이 어울리는 작가들이 있다. 그날 만난 여자도 그런 축에 속했다. 작가로서의 그 비주얼은 분명 타고난 것이다. 글 쓰는 재능은 몰라도 외모는 어머니에게서 물려받은 것 같았다.

최근에 주변에서 글을 쓴다거나, 혹은 앞으로 쓰겠다는 사람들을 심심치 않게 만난다. 예전에 그런 사람들을 만나면 재능의 여부와는 상관없이 스스로를 감옥에 가두겠다는 말처럼 들려 불편하지 않을 수 없었다. 세상의 각광 없이 글을 쓴다는 것은 경사지에서 바윗덩이를 무한반복으로 나르는 것과 별반 다르지 않다고 생각했기 때문이다.

하지만 계속 글을 쓰다 보니 생각이 달라졌다. 글쓰기는 단순히 표현 수단 이상이다. 물론 개인적인 경험이긴 하지만, 아마도 글쓰기의 효용성을 경험한 많은 이들이 다음의 내 주장에 동의하지 않을까.

글쓰기는 마음의 병을 몰아내는 데는 최고의 명약 중 하나다. 심리학자들에 의하면, 인간의 여러 감정 중 대부분은 사회화 과정에서 생겨난 것이다. 인간이 선천적으로 가지고 태어난 것은 아니라는 이야기다. 시기나 질투 같은 감정 자체가 없고, 그것을 표현할 수 있는 언어 또한 없는 원시부족도 있다. 학자들은 역으로 인간이 구사하는 언어에 의해 새로운 감정이 생겨나기도 한다고 주장한다. 동물 집단에서는 인간들이 가진 것과 같은 미묘한 감정을 발견할 수 없는 것도 하나의 증거라고 한다.

감정에 이름 붙이기는 '치유로서의 글쓰기'의 첫 출발이다. 글쓰기는 우선 마음에 있는 찌꺼기의 존재를 인식하게 해준다. 자기비하, 억울함, 증오, 두려움 등등 마음을 병들게 하는 것들이 자신의 마음 안에 어느 정도로 분포하고 있는지, 어떤 어두운 색으로 마음을 물들이고 있는지 알려준다.

글쓰기는 그 감정을 드러내 이름표를 붙이는 것과 다르지 않다. 글을 쓰다 보면 그 찌꺼기들이 어디에서 왔는지까지 알수 있다. 신기한 일 같지만, 무형의 마음을 유형으로 만들어 들여다보는 과정이 바로 치유로서의 글쓰기다.

더 나아가서 글쓰기는 마음의 장벽을 허물게 해준다. 자유롭게 생각하고 상상하기를 방해하는 장애물들이 우리 마음속에 있다. 대부분의 사람들은 그 존재조차 인식하지 못한다. 존재를 알지 못하면 무엇을 바꿔야 하는지, 무엇을 허물어야 하는지 알 수 없다. 글쓰기를 통해 자신을 관찰하다 보면 자신이 어떤 장벽과 마주해 상상력의 날개를 펼치지 못하고 있는가를 깨달을 수 있다.

예를 들어 글을 처음 쓸 때 '잘 쓰고자 하는 욕심'도 하나의 장벽이다. 그 장벽을 허물지 못하면 자연스럽게 나아갈 수 없다. 글쓰기를 오래 하다 보면 보이지 않던 장벽이 보이고 그러면 해체할 수 있다. 그런 면에서 글쓰기는 마음의 장벽을 포착하고 깨부수는 유용한 무기이기도 하다.

당연히 글쓰기는 타인의 갈채가 없더라도 할 만한 가치가 있다. 무한반복 바위를 굴리는 일은 헛된 일이 아니라 마음의 근육을 만들어 준다. 그 근육을 타인들이 좋아하면 더할 나위 없겠지만, 그렇게 키운 근육으로 비뚤어지지 않고 건강하게 살 수만 있다면 그것만으로도 큰 행운이 아닐 수 없다. 요즘처럼 험난한 시기에.


사람은 점점 나이를 먹으면 노안이니, 궤양이니 이상한 것들만 친한 척 들러붙게 마련이다. 나중에는 우울증과 치매까지 합세해, 그렇게 모인 것들이 격론을 통해 누군가의 남은 날을 결정하는 상황이 올지도 모른다.

적어도 글쓰기는 그런 해로운 것들이 인간의 운명에 대해 토론할 때, 사람의 편을 적극 들어줄 것이라 믿는다.

# 내가 쥐고 있는
# 고추장 ___

TV 프로그램 〈백종원의 골목식당〉을 보는데 독특한 아주머니 한 분이 출연했다. 수십 년째 골목에서 분식 장사를 한 사장님이다. 본인이 직접 만든 고추장으로 떡볶이를 만들었고 촬영 스태프들이 찾아갈 당시만 해도 자부심이 대단했다. 하지만 무슨 영문인지 장사는 영 신통치 않았다. 하루 종일 있어도 떡볶이 한 판을 팔지 못했다.

제작진도 의아해했는데 문제는 고추장에 있었다. 백종원이 지금까지 먹어본 떡볶이 중에 가장 맛이 없다고 극언을 할 정도였다. 어찌 된 일일까. 그 고추장으로 20년이 넘게 장사를 해왔다고 하는데. 사장님이 이것저것 섞어 '개발한' 고추장은 그의 자부심이었지만 분식집을 찾는 손님들에게 그 고추장을 사용한 떡볶이는 단지 맛없는 음식에 지나지 않았다.

백종원의 솔루션은 간단했다. 마트에서 파는 고추장으로 떡볶이를 다시 만들었다. 그러자 손님들은 연신 맛있다며 재주문을 한다. 이 모습을 본 사장님은 눈물까지 글썽이며 알 수 없는 감정에 사로잡히는 듯 보였다. 아마도 본인이 고집한 20년의 세월이 고작 누구나 살 수 있는 '마트 고추장' 하나로 통째로 부정당하는 순간이었을 것이다.

하지만 이런 일이 어디 그 사장님에게만 있는 일일까. 타인과 교류 없이 자기 세계에만 사로잡혀 사는 이들에게 언제나 일어날 수 있는 일이다.

또 하나의 일화다. 홀로 오랫동안 기타를 연습해 온 중년의 남자가 있었다. 마치 산속에서 무술을 연마하듯 그의 연습은 혹독했다. 그리고 주위에서는 기타를 잘 친다고 칭찬이 자자했다. 하지만 어느 날 커다란 포부를 품고 나갔던 첫 콘테스트에서 그는 울음을 터뜨릴 수밖에 없었다고 한다. 젊은 사람들이 연주하는 음악의 새로운 트렌드에 압도되었고 그만 좌절할 수밖에 없었다면서. 그는 흉내조차 낼 수 없었던 것이다.

글을 쓰거나, 사진을 찍거나, 그림을 그리거나 하는 직업인으로서의 예술 활동도 마찬가지다. 새로운 스타일을 창조하겠다고 집요하게 매달리지만 마트 고추장조차 뛰어넘지 못하고 그보다 못한 것을 고집스럽게 붙들고 있는 사람들이 얼마나 많던가.

나도 오랫동안 글을 써왔다. 단순 취미라는 방어막을 내세워 어떤 권위에도 인정받은 적은 없다. 그리고 '트렌드'란 면으로 볼 때 '죽고 싶지만 떡볶이는 먹고 싶어'라던가 '하마터면 열심히 살 뻔했다' 같은 콘셉트의 책은 죽었다 깨어나면 모를까, 지금의 머리로는 도저히 생각해 낼 수 없다. 나이를 먹어가며 내 글은 쉰내를 더 팍팍 풍기는 중이다. 어쩌면 지금이라도 마트 고추장을 사와야 할지 모른다. 한데 '문학마트'는 어디에 있는 건지…….

하지만 가슴속엔 옹고집 같은 고추장이 여전히 남아 있다. 트렌디한 이들과는 다른 무기가 있다고 믿는다. 설령 그것이 맛대가리 없는 나만의 고추장이라 해도.

예를 들어 내가 죽을 수 없는 이유 중 하나는 떡볶이가 아니라 살면서 얻은 사소한 생활의 지혜 때문이다. 터득했다고 하기에도 민망한 것들이지만 개인적으로는 과연 다음 생에도 얻을 수 있을까, 고민이 생길 정도다. 다시 얻지 못하면 너무나 아까울 것이고 이번 생만큼의 시행착오를 겪어야 할 것들이다.

이를테면 어두운 공간에서 재빠르게 시력을 회복하는 방법이라던가, 경기도 광주 어머니 집에서 강변 우리 집까지 밀리는 시간에도 내비게이션에 의지하지 않고 빨리 오는 방법이라든가, 토라진 아내를 최소한의 노력으로 원상회복시킨다든가 하는 것들 말이다.

그중에서도 단연 으뜸은 사람들을 무장해제시키는 유머감각이다. 오랫동안 나만의 노하우로 훈련하다 보니 주변에서는 나처럼 유머러스한 사람을 찾기가 어렵다. 그걸 두고 죽으면 벌을 받아 다음 생은 통나무나 쇠붙이 같은 인간으로 환생할 게 뻔해 좀처럼 생을 포기할 수 없다.

'심금을 웃기는' 유머까지는 아닐지라도 인간관계를 부드럽게 할 정도로는 웃기고 있다고 믿는다. 가끔 유머 코드가 맞지 않는 사람들은 재난 현장을 보는 표정을 짓곤 하지만 무슨 상관이랴. 예의가 결여된 것이 아닌 이상. 모든 이를 웃게 만들자는 것은 욕심일 뿐. 어쨌거나 뻔뻔한 자기 위안과 함께 나름의 노하우를 놔두고 간다면 마치 어마어마한 현금을 두고 죽는 재벌 같은 느낌이 들지도 모른다. 그 현금을 글이라는 걸로 나눠주고 싶은데 좀처럼 받아가는 사람이 없다.

앞으로도 '옹고집 표 고추장'은 쭉 나만 먹어야 할 것 같은데 아, 이 무슨 사회적 손실이란 말인가.

# 파이팅,
# 여행 가이드북
# 에디터들이여!____

지금은 다른 일을 하고 있지만, 한때 나는 여행 가이드북의 편집자였다. 제법 잘 나가는 여행서 시리즈를 담당하고 있었다. 물론 내가 잘나서 그렇다는 말이 아니다. 내가 팀에 합류하기 전에 이미 가이드북은 잘 팔리고 있었고, 머리를 긁적거리며 숟가락을 얹었을 뿐이다.

가이드북이 잘 판매되었던 건 무엇보다 시류를 탔기 때문이었다. 회사의 사장은 주 5일 근무가 확산해 가던 시기 취미, 실용서에 주목하고 있었다. 그중에서도 여행서 시장은 조금씩 장작이 쌓여가고 있던 때였다. 누군가 불을 붙여주기만을 기다렸는데, 운 좋은 사장이 그 장작더미 옆을 지나다 그만 발견하고 만 것이었다.

나는 여행서 시장이 그렇게 활활 타오르고 있을 때 회사에 들어가서 처음에는 즐거운 마음으로 가이드북을 만들기 시작했다. 그 전에는 다른 일을 했다. 마시지도 못하는 술을 벌컥벌컥 들이켠 듯한 '갈지자' 행보는 아직 끝나지 않아 지금은 또 전혀 다른 종류의 일을 하고 있다.

여행 가이드북을 만드는 일은 녹록치 않았다. 에세이 종류의 책에서 오탈자가 나오면 대부분의 독자는 대수롭지 않게 넘어가곤 한다(당연히 모두가 그렇다는 것은 아니다). 인생이 아름답다거나, 내일부터 희망이라는 찬가를 읽어가며 사소한 일에 흥분할 사람이 그다지 많지는 않은 것이다.

하지만 가이드북에 잘못된 정보가 실리기라도 하면 이건 보통 일이 아니었다. 여행자는 귀중한 시간을 허비해 버리기 때문이다. 반나절을 들여 목적지로 갔는데 생각하고 있는 것과 전혀 다른 것을 보게 된다면 어쩌겠는가. 뭐 그럴 수도 있죠, 라고 대범하게 넘어갈 수 있는 상황은 아닌 것이다.

어느 날은 편집부로 전화 한 통이 걸려 왔다.

"거기 ○○출판사죠? 가이드북 담당자 바꿔 주세요!"

격앙된 목소리에 끌려가듯 전화를 받은 나는 30분이 넘게 훈계를 들어야 했다. 호주에 간 여행자였는데, 가이드북에는 분명 기차에 침대칸이 있다고 나와 있는데, 막상 기차를 타러 갔더니 없어서 10시간 넘게 고생을 했다는 이야기였다. 급기야는 소비자보호원을 찾아가겠다고 했다. 30분 동안 "내가 영어를 잘해서 그나마……"라는 이야기를 서른 번은 넘게 들은 것 같다.

당장 담당자를 광화문 사거리에 효시해 버리겠다는 투로 전화를 한 독자에게, 편집부의 잘못을 사과하는 것 외에 달리 해줄 수 있는 일이 없었다. 전임자가 편집한 책이고 취재한 작가가 따로 있긴 했지만, 당장 응대를 해야 하고 어찌 되었건 현재 가이드북 시리즈를 책임지는 편집자로서 모른 척할 수는 없는 일이었다. 보상으로 자사에서 출판된 다른 책을 보내드리겠다고 해도 막무가내였다.

가이드북의 정보는 책을 인쇄하는 순간에도 바뀌기 때문에, '현지에서 다시 한번 확인을 요한다'라는 문장을 허벅지에 문신을 새기는 심정으로 써놓았지만, 독자의 항의는 그와 상관없이 파퀴아오의 주먹처럼 각도를 가리지 않고 날아들었다.

전해들은 이야기이긴 한데, 모 출판사의 한 편집자는 〈불만제로〉라는 TV 프로그램에까지 출연하는 굴욕을 겪었다고 한다. 다행히 얼굴이 아닌 양다리가 화면에 보이긴 했다. 여행 가이드북을 만드는 일이 여행처럼 즐거운 경험만 있는 게 아님을 알려주는 일화다.

가이드북을 만들면서 가장 힘들었던 일은 지도를 보는 일이었다. 저자가 써준 정보가 지도에 제대로 표기되어 있는지 찾는 건 생각만큼 만만한 일이 아니다. 개미도 기어가기 힘든 지도 위의 좁은 골목길을 장시간 보고 있으면 동공에 지진이 일어난다는 말이 거짓이 아님을 실감하게 된다.

한 편집자가 지도 교정을 보다 속이 울렁거려서 결국 회사를 떠날 수밖에 없었다는 이야기는 과장이 아니다. 여행자로서 보는 것과 정보를 확인하며 꼼꼼하게 체크하는 것은 천양지차였다. 더군다나 틀린 곳이 발견되면 독자들은 언제든지 주먹을 날릴 기세가 아닌가.

책이 인쇄되기 전까지 긴장의 연속에서 살아야 했다. 게다가 가이드북을 만들기 전까지 나는 지도라는 걸 자세히 본 적이 없었다. 심지어 여행지에서도 지도를 보지 않았다. 감으로 이동해서인지 실수도 잦았지만, 우연히 뜻하지 않은 발견도 했었다. 그런 게 여행의 재미라고 생각했지만 세상에는 여행지에서 전쟁을 수행하듯 지도를 보시는 분들도 있는 법이다.

모든 일이 그렇겠지만, 인쇄용 지도를 확인한다는 건 특히 인내를 요하는 일이다. 한번 나가면 재판을 찍을 때까지 거의 수정이 불가능했다. 대부분 500페이지가 넘어가는 책 속에 들어 있는 수십 장의 지도를 본문의 정보와 일일이 대조해보는 편집자를 옆에서 지켜보는 일은 인간이 수생동물로 퇴화하고 있는 현장을 보는 것과 다를 것이 없었다. 눈은 튀어나오고 목은 길어지는……. 아, 내 젊은 날이 다윈의 진화론에 반기를 드는 일터에서 파묻히게 될 줄 누가 짐작이나 했을까.

두 번째 어려움은 작가였다. 밤길에서 가장 무서운 건 귀신이 아니라 사람이라는 말이 있듯이, 편집자를 가장 괴롭히는 건 독자들 때문에 생긴 트라우마보다는 가이드북의 게으른 저자들이었다.

물론 존경이 저절로 우러날 정도로 성실한 저자들이 많았다. 가이드북 시장에서 살아남기 위해 가장 중요한 덕목은 성실함이기 때문이다. 여행 에세이와 달리, 감성적인 글과 화려한 사진을 찍는 기술이 없어도 기본적인 정보를 수집하고 재배열하는 어느 정도의 스킬만 있으면 가능하기 때문에 가이드북 저자의 문턱이 그리 높은 편은 아니다. 그렇긴 해도 출판사들의 경쟁이 치열해지다 보니, 스킬과 성실함을 갖춘 저자들과 인연을 맺고 이어가기가 이미 쉽지 않은 상황이 되었다.

가끔씩 여행 가이드북을 쓰겠다고 회사로 메일을 보내는

분들이 있었다. 그중 대부분은 책으로 출간할 수준이 못 되었지만, 눈이 튀어나올 정도로 매혹적인 글과 사진을 보여주며 아직 접하기 어려운 현지 정보를 가진 이들도 있었다. 하지만 껍데기가 훌륭하다고 속까지 모두 그런 것은 아니다. 과일 상자 아래에는 언제든지 썩거나 크기가 다른 과일이 숨어 있는 법이다.

어느 날 '오타쿠'들만 알고 있는 도쿄의 핫 스팟들을 소개하고 싶다는 메일을 받았다. 여행 가이드북을 쓰겠다는 사람치고는 문장도 괜찮았고 사진이 훌륭하지는 않았지만, 디자인이 가미되면 그럭저럭 괜찮을 것 같았다. 무엇보다도, 마니아들만 알고 있는 정보가 훌륭했다. 더군다나 그때까지 한국 시장에서 보지 못한 것들이었다.

그와 계약을 하면 세상을 깜짝 놀라게 할 전대미문, 금시초문의 비서祕書 같은 가이드북을 뽑아낼 수 있으리라 믿었다. 물론 초창기 경험이 없었던 나의 크나큰 오판이었다. 거의 대부분의 취재가 끝나서 계약 후에 한 번만 더 도쿄에 갔다 와 5개월 안에 책을 낼 수 있다고 장담했던 작가의 책은 그후로 4년이 지난 다음에 세상에 나올 수 있었다. 그것도 순산이 아닌 제왕절개로 말이다.

처음에 취재가 끝났다고 했던 정보는 숍들이 사라져 버려

다시 취재해야 했고, 책은 마치 엄마 뱃속에서 4년을 살다 나온 아기처럼, 적지 않게 지쳐 보였다. 그렇게 힘들게 나온 책이 잘 팔리기라도 했으면 좋으련만, 나온 지 얼마 되지 않아 속세를 떠나 자기 길을 찾아간 자식처럼 독자들에게 금세 잊히고 말았다.

지금부터 10여 년 전, 아직 우리나라에 오키나와 가이드북이 나오지 않았을 때였다. 우연히 한 여행사에서 일하는 가이드를 만나게 되었는데, 그는 오키나와 한 곳만 가이드한다고 했다. 그때까지만 해도 전 세계, 전 지역을 통틀어 우리나라 시장에서 가장 잘 팔리는 여행서는 도쿄와 오사카 지역이었다. 오키나와는 위치 자체도 생소한 곳이었다.

여행서 한 권을 만들려면 수천만 원의 투자금이 들어간다. 자칫 오판하면 매출이 크지 않은 출판 시장에서 투자금을 날리고 경영진에게 '일 못하는 인간'으로 찍힐 수 있는 상황이다. 어떤 지역의 여행객이 늘어난다고 반드시 여행서가 잘 팔리리라는 보장도 없다. 아무 곳이나 책으로 낼 수 없는 이유다.

가이드는 전생에 오키나와 사람이었다고 확신할 정도로 그곳이 주는 매력에 푹 빠져 있었다. 어느 날 국제거리의 횡

단보도에 서 있는데 뜨거운 전류 같은 게 땅속에서 올라와 자신을 전율시켰다고 말할 정도였다. 그리고 당장 가이드북을 만들어 보고 싶다고. 몇몇 출판사에 기획안을 보내봤지만, 수익성이 없다며 거절당했다는 것이다.

나는 한 사람이 그렇게 사랑하는 장소에는 분명 무엇인가가 있다고 생각했다. 그것을 어떻게 독자들이 공감하게 하느냐가 편집자의 역량이라고 믿었다. 지금은 아니더라도 나중에는 반드시 받아들여질 수 있다고.

그 후로 회사의 경영진을 설득해 오키나와 가이드북을 만들 수 있었다. 오키나와는 현재 일본 지역을 소개하는 여행서 중 가장 잘 팔리는 여행서의 지역이 되었다. 아무도 시도하지 않았던 미지의 세계, 그 문을 여는 것, 또 그것을 많은 독자로부터 인정받는 것은 여행서 기획자로서 보람이 아닐 수 없다.

여행서의 편집자는 겉으로 드러나지 않는 존재이다. 책을 기획하고 작가를 섭외해 출간을 진행하는, 영화로 치자면 감독 같은 존재이지만 그들처럼 화려하게 스포트라이트를 받는 것도 아니다. 오히려 편집자는 작가가 취재를 잘하고 디자이너가 편집을 잘할 수 있도록 지원하는 그림자 같은 존재에 가깝다.

또, 여행 가이드북을 편집하는 일이란 책이 한 권 한 권 늘어날 때마다 주름과 새치도 그만큼 늘어나는 일이다. 1년에 나이를 남들보다 서너 살 더 먹는 것 같은 느낌이다. 심지어 마감 때면 '피를 팔고 있는 것 같다'는 편집자도 생겨날 정도니까.

여행서 시장이 커지면서 가이드북 편집자의 수도 점점 늘어가고 있다. 여행작가로 성공하는 책 등은 시장에 제법 있지만, 어디에서도 여행 가이드북 편집자에 관해 이야기하는 글은 만나보지 못했을 것이다. 작가가 속을 썩이고, 독자의 항의에 긴장하더라도 자신이 만든 여행서가 시장에서 좋은 반응을 보여 울고 웃고 하는.

여행자들에게 좋은 추억을 주기 위해 오늘도 고군분투하는 이 땅의 가이드북 편집자들을 생각하며 이 글을 쓴다. 그들이 외형적인 퇴행을 멈추고 다시 사람으로 진화의 방향을 선회하길 희망하며.

# 시간을 틈쳐 여행을 추억하다

# 내가
# 가장
# 좋아하는 시간

내가 가장 사랑하는 시간은 여행지의 아침이다. 가능성으로 충만한 기분, 설렘으로 농후한 계획, 기대에 찬 동행자들의 표정. 이 조합이 만들어 주는 느낌은 행복의 정점은 아니더라도 그곳에 다가가는 순간과 비슷하다. 반쯤 열린 문을 살짝 힘을 주어 밀기만 하면 서프라이즈 파티를 만날 수 있다.

집이라면 아침마다 습관적으로 심각한 의식을 겪어야 한다. 자리에서 일어나 거울을 보며 어제의 나와 오늘의 나를 비교한다. 마치 밤사이 불어난 지방을 체크하듯.

지금보다 젊었을 때는 미세한 변화를 찾는 것도 쉽지 않았다. 전날 밤 집까지 따라왔던 녀석은 대부분 머리를 두 쪽으로 갈라놓을 숙취거나 분노의 열패감, 둘 중 하나일 게 분명했다. 녀석들은 아침에 헤어스타일을 불꽃처럼 만들어 놓던가 가슴에 구멍을 내놓기도 했지만, 나를 근본적으로 변화시키지는 못했다.

하지만 요즘은 거울 속에서 완전히 다른 자를 만나기도 한다. 그는 깊은 회환과 어느 정도의 적의를 가지고 있다. 여행지에서라면 그의 감정은 약간의 호의로 변한다. 말하자면, 나 자신과 잠정적인 평화협정 같은 걸 맺는 것이다. 때론 손을 뻗어 악수의 제스처를 취하기도 한다. 나는 오른손. 그는 왼손.

그 협정 덕분에 여행지에서 내 생물학적 시간은 느리게 간다. 세포들은 일제히 세차게 늙어가던 것을 멈추고 내 생각에 조용히 귀 기울인다. 수 킬로미터 밖까지 날씨를 예감할 수 있는 커다란 창 밑에서 머릿속을 은은한 향기로 채울 수 있는 커피 한잔으로 우리는 하나가 된다.

나는 또한 여행지의 아침에 식당에서 들려오는 소리를 사랑한다. 반짝반짝 닦아놓은 식기가 기분 좋게 부딪히는 소리, 식탁 위에서 아이들을 조곤조곤 타이르는 외국인들, 먹기 좋게 익은 식빵을 토해내는 토스트기, 이 모든 것은 갓 구워진 음식의 향기와 함께 나를 기분 좋은 정점으로 밀어 올린다.

식사를 끝내고 습관처럼 날씨를 점검하고 시동을 걸어 묵었던 곳을 떠나오는 것. 그 일련의 과정에서 행복은 조용히 내 손을 잡고 있다.

그렇다고 위에서 열거한 모든 것들이 갖춰져야 할 필요는 없다. 눈을 뜬 곳이 호텔이건, 게스트하우스건, 허름한 민박이건 중요치 않다. 아직 돌아가야 할 시간이 넉넉하고, 그곳에 아침이라고 부를 수 있는 시간과 가보고 싶은 곳이 남아 있다면.

# 도쿄
## 에피소드 ___

새벽에 공항으로 갔다. 도로는 한산했지만 며칠 전에 내린 눈이 아직 남아 있다. 한쪽으로 쓸려진 잔설이 무슨 난민들 같았다. 김포의 명물, 안개도 지독하게 끼어 있다. 비행기가 뜰 수 있을지 걱정되었다.

역시 비행기는 제시간에 출발하지 못했다. 한 시간 반 넘게 활주로에서 대기했다. 비행기가 뜨기도 전에 영화 한 편이 끝났다. 자본주의 사회에서 기다림은 돈으로 환산되어야 하지만 어느 때나 그런 것은 아니다. 날씨의 잘못에 벌금을 매길 수 없다고 하니 자본의 순환은 이루어지지 않는다.

다람쥐가 도토리를 까먹는 듯한 스튜어디스의 일본어 안내방송. 이제 드디어 출발이로구나!

하네다 공항에 도착하자마자 "일본 경제 문화의 도시 도쿄에 오신 걸 환영합니다"라고 안내 멘트가 나왔다. 도쿄에 올 때마다 나를 환영해 줬던 건 비였다. 만사 제쳐두고 나를 만나러 왔던 것 같은데 어찌 된 영문인지 이번만은 날씨가 좋다. 화창한 도쿄는 정말 오랜만이다. 활주로 여기저기에서 비행기의 두랄루민이 기분 좋게 반짝였다.

롯폰기로 가기 위해 지하철을 탔다. 우선석에 우리나라에 없는 항목 하나가 추가되어 있다. 임산부, 노약자, 장애인, 유아를 동반한 승객 외에 '내부 장애'라는 픽토그램이 보인다. 앉아서 심각하게 인상이라도 쓰고 있으면 타인의 눈치를 안 봐도 될 것 같기는 한데……. 그런 생각을 하는 이라면 내부 장애가 맞을지도.

불과 몇 년 전만 해도 도쿄의 지하철에는 거의 모든 이가 한 손에 책을 들고 있다고 칭송이 자자했다. '책 읽는 시민이 강한 국력을 만든다'는 어젠다가 우리에게 의문의 1패를 안겨주곤 했다. 그런데 어쩌나. 도쿄도 어쩔 수 없이 누구나가 주야장천 휴대폰만 보고 있다. 우리는 이제 애플이 아이폰을 만들고 아이폰이 사람을 만드는 시대에 살고 있다.

일행이 묵을 아르카 호텔은 롯폰기 역 3번 출구 바로 옆에 있었다. 걸어서 1분에 갈 수 있는 거리다. 내 룸 넘버는 501호. 아르카 호텔의 수압은 세계 최고 수준이다. 멋모르고 중요 부위에 쐈다가는 멸문지화를 당하게 될지도 모른다. 당초에 특수 목적으로 만든 게 분명하다. 샤워실의 호스는 잘하면 도둑을 제압하는 무기로도 쓸 것 같다.

호텔 창문의 풍경은 고가도로였다. 도쿄에서 이 정도면 양반이다. 태어나서 처음 간 도쿄의 호텔에선 창문을 열자 붉은 벽이 나타났다. 순간 어느 지인이 펜션에 놀러 갔더니 반지하였다는 우愚화가 생각났다.

새벽에도 먼 곳에서 달려오는 차의 엔진음이 또렷하게 들려왔다. 잠에서 깨어나 그렇게 서너 대를 보내고 나면 아주 외딴 행성에 와 있는 느낌이 든다. 그걸 고독이라고 부를 수 있는지는 모르겠다.

키노쿠니아 서점에 가서 일본 사진작가의 작품집을 샀다. 작가의 작품은 차가운 겨울밤 롯폰기의 고가를 홀로 달려가는 검은 차 한 대를 연상시킨다. 달은 밝지만 차 속에는 아무도 없다.


다음날, 무사시노 미술대학이 있는 교외로 갔다. 민숭민숭한 건물들이 파란 하늘 밑에 착하게 늘어서 있다. 외곽으로 나가는 전철 안에서는 언제나 나른해진다. 역 하나를 지날 때마다 눈꺼풀이 무거워졌다.

거대 도시의 바깥에는 교외라는 이름의 바이러스가 공기 중에 떠돌았다. 사람에 따라 다르게 작동하는데 무기력하게 했다가 상쾌하게도 했다가 자기 맘대로다. 교외의 전철역에서도 생계를 위해 우르르 몰려가는 사람들. 서울의 눈발이 연상된다. 사는 건 어디서나 추운 일이다.

무사시노 대학의 도서관은 재밌는 장소다. 대부분의 외벽을 나무 책꽂이로 장식했다. 하지만 보통 사람 눈높이 이상으로 책을 꽂을 수는 없다. 책의 하중을 견딜 수가 없어서다. 천장까지 뻗은 그 텅 빈 책꽂이형 외벽을 보고 있노라니 90퍼센트나 활용하지 못한다는 인간의 뇌가 생각났다. 책의 하중을 견디지 못하는 것은 비단 나무 책꽂이뿐만이 아니다.

우리를 친절하게 안내해 준 도서관의 담당자는 누가 봐도 예술가의 풍모를 지녔지만 예술과 전혀 상관없는 사람이라고 했다. 하지만 어디 그런가. 누군가 그렇게 느꼈다면 이미 그는 자기의 형상으로 예술을 하고 있는 중이다. 세상의 수많은 재료와 형식 중에서 자신의 외모를 고른 것이다.

햇살이 환하게 스며드는 피라미드 풍의 식당에서 점심을 먹었다. 무사시노 대학교의 여학생들은 수수하다. 화장기라곤 거의 찾아볼 수 없다. 여자들의 재잘거리는 소리. 남학생들의 우악스러운 말투가 한류와 난류처럼 섞였다.

창가를 바라보며 홀로 밥을 먹는 학생도 있다. 하지만 측은해 보이지는 않았다. 각자의 영감을 조용히 챙기고 어느 누구의 간섭도 받지 않으며 숙성시키고 있는 중이라고 믿는다. 여기는 '변태 소설가' 무라카미 류가 다녔던 곳. 괴짜들의 산실이 아닌가.

아오야마 북센터에서 디자인 서적을 뒤적이고 있는데 어디선가 암모니아 냄새가 강하게 코를 찔렀다. 노숙자가 옆에서 책을 보고 있다. 예술 서적 같은데 제목은 모르겠다. 집중하며 읽는다. 노숙인의 모습에는 국경이 희미하다. 암모니아에 국적이 없듯이. 오랫동안 거리 생활을 하다 보면, 전 세계의 노숙인은 하나의 형상으로 모여드는 것일까. 그것도 모종의 이데아일까. 그는 서점에서 어떤 희망을 발견할까. 뿌연 창으로 있는 듯 없는 듯 해가 보이는 곳에서.

금요일 새벽. 도시를 집어삼킬 듯이 사이렌이 울렸다. 이어서 경찰차의 확성기 음이 들려온다. 빌딩에 남아 있는 몇 점의 불과 시리도록 차가운 도쿄의 하늘과 잠자다 깬 내 머리가 일순간에 포위된다. 아무렴. 사이렌이 없다면 도시가 아니지. 무언가 터질 듯한 긴장이 없다면 메트로폴리탄 도쿄가 아니지.

아침 일찍 길을 나서 요요기 공원으로 갔다. 요요기 공원의 나무들은 어마어마하게 크다. 족히 30~40미터는 될 것 같다. 요요기는 나무들을 자라게 하는 주문처럼 들린다. 요요기, 요요기라고 중얼거리면 주위의 초목이 쑥쑥 자랄 것만 같다.

공원 앞 횡단보도에 서 있는데, 일본인 할머니 둘이 길을 물었다.

"쓰미마생. 아임 코리언."

신기함, 겸연쩍음, 이런…… 등등이 기분 좋게 어우러진 웃음이 터진다. 순해 보이는 할머니들이다. 함께 여행 다닐 수 있는 노년의 친구는 소소한 일에도 웃음이 나게 하는 명약일 것이다.

# 새벽 1시,
# 허기를 데리고
# 우리는 ___

새벽 1시. 밖은 비가 내리고 내일은 휴일이다. 아내와 나, 그리고 의도하지 않은 허기, 이렇게 셋이서 24시간을 여는 식당에 가기로 합의를 봤다. 허기는 조용하지만 강하게 의견을 개진했다. 우리는 허기의 주장에 이끌려 집 근처 태국 쌀국숫집을 찾아갔다. 비는 이런 밤을 위해 준비해 두었다는 듯 세차게 퍼부었고 4차선 도로에서도 차가 그리 많이 보이지 않았다.

쌀국숫집에는 6명의 손님이 두 개의 테이블을 점령하고 있다. 젊은 여자 4명과 한 쌍의 부부, 그리고 주방에서 일하는 아주머니 한 분. 식당 안은 스피커를 통해 태국에서 소비되는 대중가요가 흘러나온다.

　부부는 마치 《참을 수 없는 존재의 가벼움》에 등장하는 주인공들 같다. 토마스와 테레사의 일상처럼 식탁 위에서 어떤 희열과 모종의 불안이 뒤엉킨 감정을 교환하고 있다. 그들은 조용한 젓가락질 속에서 수도를 열어놓은 듯 시간을 흘려보낸다.

그리고 4명의 젊은 여자들은 주위를 아랑곳하지 않고 거침없이 떠들었다. 한 명의 남자가 식탁 위에 오르면 이내 다른 남자가 연이어 등장한다. 기억인지 가상인지 모를 컨베이어 벨트를 타고 남자들은 차례로 대화 속으로 입장했다. 그리고 그들은 파타야 인근에서 잡은 생선처럼 해체되고 있다. 젓가락을 얹고 싶을 정도로 통쾌한 이야기들, 18.5금의 이야기들. 여자들의 애환과 적의가 태국 음악에 맞장구를 친다.

주방의 아주머니도 예사롭지 않았다. 마치 깊은 이야기를 품고 있는 산장의 주인처럼 모자를 푹 눌러쓴 채 챙 밑의 눈빛으로 인사를 건넨다. 새벽의 가게는 원래 이런 느낌일까. 모든 것이 평범의 궤도에서 아슬아슬하게 이탈해 있다. 물컵이나 숟가락마저도. 그 모든 것을 포함해 새벽의 가게는 고독의 집하장 같다.

그들의 무관심 속에 우리는 자리를 잡고 쌀국수 하나와 새우튀김 스프링롤을 주문했다. 조금의 시간이 흐르고 제사상 같은 음식을 마주한다. 그릇 속에서 영혼처럼 오르는 김. 다소 느린 젓가락질이 음식과 위장과 내가 모르는 태국의 어느 곳을 연결했다.

언제였던가. 맛있는 음식을 먹으면 자존감이 살아난다는 연구 결과를 읽은 적이 있다. 반드시 비싼 요리를 의미하는 것은 아니다. 긴 레이스 후에 먹는 한잔의 물이 선수들에겐 세상 무엇보다 달콤하듯 입맛에 맞는 거라면 길거리 포장마차 어묵도 예외일 수는 없다.

순간을 혀끝의 희열이 충만한 감각으로 보내는 것은 자신을 사랑하는 방법 중 가성비가 꽤 높은 것이다. 아아, 테이블 위에서 행복의 폭탄이 터지는 일에 나는 기꺼이 비용을 지불할 테다.


4명의 '여벤저스'들은 추억의 남자들을 초토화시키고 자리에서 일어났다. 2차인지 13차인지 모를 술자리를 위해 택시를 집어탔다. 한바탕의 소동 속에서 그들의 건투를 빈다. 그럴듯한 행복을 발견하기를.

토마스와 테레사는 여전히 조곤조곤 대화를 주고받고 있다. 우리가 식사를 끝내고 나올 때까지도 그들의 이야기는 끊어지지 않는다. 4명의 여자들과는 달리 무슨 이야기를 하는지 알 수 없다. 물론 의도적인 청취는 아니다. 아마도 새벽의 식당에서 어울리는 이야기겠지.

아내와 나는 허기가 사라진 거리를 포만감과 함께 걸었다. 녀석은 여유가 있으며 장난기마저 엿보인다. 허기는 특유의 칭얼거림을 발산하러 또 누군가를 찾아 이 빗속을 헤매고 있을 것이다.

　잘 가라. 어느 비 오는 새벽에 느닷없이 찾아왔던 위장의 소박한 고통이여.

# 벚꽃에
# 놀라다 ___


봄이 오면 벚꽃이 핀다. 겨울에 눈이 오는 것처럼.

오래전 벚꽃을 보기 위해 가족여행을 떠났다. 아버지, 엄마, 우리 가족 네 식구. 내가 사는 서울과 부모님이 사시는 경기도 광주에서는 아직 완연한 봄기운을 느낄 수 없어 남해로 가기로 했다. 목적지는 변산반도로 벚꽃과 바다를 같이 볼 수 있으면 좋겠다는 생각에 고른 곳이었다.

그런데 리서치를 해 본 결과, 애매했다. 남해에도 벚꽃이 폭발적으로 피었다는 이야기는 들려오지 않았다. 거의 실시간 블로그나 인스타그램을 봐도 아쉬운 사진들만 보일 뿐이었다. 하지만 미룰 수가 없었다. 여러 가지 복잡한 일들이 겹쳐 있어 시간을 낼 수 있는 날이 정해져 있었기 때문이다.

하루 연차를 낸 금요일 아침, 부모님 댁에 들러 짐을 챙겨

서 나왔다. 산 밑에 있는 부모님 집은 겨울이 완전히 물러가지 않았다. 응달의 구석에는 겨울의 잔해가 한낮의 해를 피해 모여 있고 주변 폐교의 건물 안에도 그 기운이 패잔병처럼 남아 있었다.

차를 몰아 변산반도와 선운사를 돌았다. 역시 예상했던 대로 벚꽃의 개화가 완벽하지 않았다. 성질 급한 녀석들은 방한복이라도 입은 듯 꽃망울을 터뜨렸지만, 선운사의 많은 벚나무들은 경내 여기저기 열심히 수분을 끌어 모으고 있는 것처럼 보였다.

나쁘지 않았다. 겨울처럼 삭막한 것도 아니고, 여기저기 봄이 폭발하려는 듯, 피기 바로 직전에 있는 녀석들도 싱싱해 보여 좋았다. 기대감을 불러일으키는 풍경은 그런대로 볼 만했다.

생명력을 상징하는 벚꽃에 대한 로망이 있다. 벚꽃 길이 예쁜 소도시에서 봄에만 잠깐 사는 것이다. 고지대의 옥탑 방 같은 곳이면 더 좋겠다. 벚꽃이 뒤덮고 있는 도시를 조망할 수 있으면 굳이 애쓰지 않아도 시며, 소설이며 향기로운 문학작품이 저절로 양산될 것 같다.

특히 벚꽃이 지는 날이면 작은 길을 걸으며 샤워하듯 봄의 기운을 한껏 맛보고 싶다. 벚꽃이 다 지고 나무의 잎이 푸르게 변할 때쯤 내 개인적 임무도 완결하고 그 도시를 자연스럽게 떠나오는 것. 그 또한 내게는 적지 않은 행복일 것이다.

그리고 도시 여기저기 새빨간 우체통이 남아 있으면 좋겠다. 사람들이 온라인으로 메일을 주고받느라 텅 비어 역할을 다했더라도, 벚나무 아래 소도시를 예쁘게 만드는 오브제처럼 보일 테니.


일요일 변산에서 아침을 먹고 일찍 길을 나섰다. 올라가는 길이 밀릴까 봐 서둘러 왔다. 부모님은 내색은 하지 않았지만, 제대로 벚꽃을 보지 못해 아쉬운 것 같았다. 오는 내내 시골길을 달리면서 예쁜 벚나무 그룹이 보이면 차를 세우고 사진을 찍었다. 강가에서건, 논밭 옆에서건, 그렇게라도 아쉬움을 달래고 싶었다.

그런데 부모님 댁에 도착했을 때, 놀라지 않을 수 없었다. 빌라 여기저기 벚꽃이 지천으로 피어 있었기 때문이다. 아직 남해의 날씨도 여의치 않아 여행을 떠날 때도 예상하지 못한 풍경이었다. 집 앞은 그야말로 폭발적인 봄이었다.

어느 시인이 노래한, 산을 올라갈 때 보지 못한 꽃을 내려올 때는 봤다는 시구가 우리의 여행을 통해 실현된 것이었다.

아니면 집에 있던 파랑새를 보지 못했던가. 며칠 사이에 자연은 놀라운 기적을 만들어 준 셈이다.

그 꽃나무 앞에서 부모님과 우리 아이들의 사진을 찍었다. 마치 이제 막 여행을 떠날 가족처럼. 그 사진 한 장으로 비로소 우리의 벚꽃 여행은 완성되었다.

# 고양이 같은 추억은
# 이제 그 해변에
# 살지 않는다 ___

강원도에 가면 항상 들르는 맛집이 있다. 생전 대기업 회장의 단골집으로 식당 앞에 맛집 사장님과 회장이 함께 찍은 사진이 커다랗게 걸려 있는 곳이다. 회장님은 헬기까지 타고 그곳에 왔다고 한다. 식당에서는 막국수를 판다. 아내와 연애할 때 강릉에 갔다가 우연히 알게 되었다.

가게 앞에는 해송이 가득하지만 철조망이 쳐져 있다. 아마도 군용으로 중요한 지역인 것 같은데 철망 너머로는 참호도 보인다. 참호 안에서 군인을 본 적은 없다. 그 너머로는 바다다. 식당은 가정집을 개조한 것 같았다. 단층 구조로 마당이 있고 사랑채가 있다. 바닷가의 국도를 지나가면 가끔씩 만나는 그런 곳이다. 몇 마리인가의 고양이가 어슬렁거리고 사진을 찍으면 해변 특유의 나른함이 묻어 나온다.

그런 한적한 분위기가 좋아 자주 그곳에 갔다. 당연히 음식 맛도 나쁘지 않았다. 처음 막국수를 입에 넣었을 때의 고소함은 아직도 생생하다. 게다가 여행 중 우연히 발견했다는 스토리텔링 덕에 그 집은 실제보다 더 특별하게 다가왔다. 따지고 보면 사람에 따라 호불호가 갈리는, 깜짝 놀랄 맛집은 아닌 데도 말이다.

연애 시절부터 아이들이 성장할 때까지 그 집 주변에는 소중한 추억들이 묻어 있다. 갓 태어난 고양이 새끼가 5마리나 되어 한 마리 가져가겠다며 30분이 넘게 울고불고 떼를 쓰던 큰 녀석, 머리 큰 둘째가 기막힌 표정과 포즈로 웃음을 주었던 수돗가, 아내와 대판 싸우고 화해했던 해송 숲 앞의 도로 등, 우리가 떠나도 추억은 언제나 그곳의 주민처럼 남아 있다.

그러던 곳이 변했다. 내비게이션의 안내를 받아 차를 세운 곳은 내가 알던 식당이 아니었다. 외관뿐만 아니라 장소도 달라져 있었다. 최신 정보가 반영된 내비게이션은 제대로 찾아왔지만 정작 운전자는 알아보지 못하고 지나쳐야만 했다. 원래 장소에서 그리 멀지는 않았는데 가게 밖에 걸린 회장님의 사진 빼고 외관상 비슷한 구석이 하나도 없었다.

우선 3층짜리 건물의 맨 위층에는 최신 유행의 카페가 자리하고 있다. 이전에는 풀로 뒤덮여 있던 주차장 자리가 흰색 선으로 반듯하게 그려져 있고 건물 내부는 최신식 인테리어의 수혜를 받았다. 예전의 어리숙한 알바들과는 다르게 종업원들도 접대 매뉴얼을 잘 알고 있었다. 한마디로 이곳은 프랜차이즈 식당 같은 곳으로 변해 있었다.

다행히 맛에는 큰 차이가 없었다. 막국수는 여전히 맛있고 도토리묵도 감칠맛이 돈다. 그런데 그곳에서 더 이상 추억을 만날 수 없다. 매년 조금씩 흘리고 와서 켜켜이 자라가던 것들이 바뀐 장소와 함께 사라져 버린 것이다. 어디에서도 흔적조차 찾을 수 없다.

식당은 예전보다 더 많은 손님들로 북적였다. 일개 손님의 서운함과는 상관없이. 제법 많은 수의 단체관광객도 들락거렸다. 손님들은 파도처럼 밀려왔다 멀어져가고 또 밀려왔다. 왁자지껄한 소리와 함께 식당의 미래는 또 다른 건물을 올릴 기세다.


주차도 편해졌고, 식사 후에 커피 한 잔도 즐길 수 있다. 새로 생긴 식당은 사람들이 흔히 바닷가 여행에서 기대할 만한 것들을 대부분 갖췄다. 하지만 나는 더 이상 그곳에 갈 이유가 없다. 시간을 들여 찾아가는 이유는 배를 채우기 위한 것만은 아니니까.

우리가 만나러 갔던 어린 고양이 같은 추억은 이제 그 해변에 살지 않는다. 귀를 기울여도 희미한 울음소리조차 들리지 않는다.

# 나는 종종
# 검은 것들에
# 빠져든다 ___

전라남도 신안에 있는 증도로 늦은 휴가를 떠났다. 예상은 했지만 증도는 정말 먼 섬이다. 가도 가도 내비게이션의 시간은 제자리였고 나는 운전대를 잡고 있는 내내 그곳에 있는 'L' 리조트를 '멀도라도'라고 불렀다.

그런데 도착하자마자 마주한 낙조에 그만 입이 쩍 벌어지고 말았다. 발리나 코타키나발루를 연상시키는 일몰이었다. 이곳의 해가 항상 불타는 오렌지빛으로 저물 리는 없다. 그래도 해질녘이 되면 또 어떤 장관을 연출할지 아침부터 기대감이 몰려왔다. 한정된 시간에 귀중한 것을 챙기는 게임을 하는 사람처럼 낙조를 배경 삼아 수백 장의 사진을 찍고 또 찍었다.

해가 떨어지고 밤이 되자 증도의 자연은 모든 스위치를 껐다. 무리에서 이탈한 새 한 마리가 허둥지둥 어둠 속으로 날아갔다.

리조트는 가격에 비해 그다지 관리가 잘되고 있는 것 같진 않았다. 오랜 시간의 흔적이 여기저기 얼룩처럼 묻어 있다. 전립선염을 앓고 있는 광장 앞 분수는 조만간 욕구 불만을 터뜨릴지도 모르겠다. 쿨럭거리며 힘없이 물을 쏟아내고 있는 모습이.

음식도 잘 먹었습니다, 라고 기분 좋게 평가하기는 어렵다. 하지만 여러 단점에도 불구하고 풍경 만큼은 만족한다. 바다가 조심스럽게 들어왔다 빠져나가는 모습이 한눈에 들어오기 때문이다.


성수기가 끝나서 그런지 구내 어딜 가도 한적한 분위기다. 상인들의 표정에는 활기 대신 나른함이 묻어 있다. 조금은 심드렁하기까지 한 태도가 성수기가 돌아오면 상인들 특유의 상업적인 친절함으로 바뀔는지 모르겠다. 증도에서 '에너제틱'한 관광을 기대한다면 애초부터 번지수를 잘못 찾은 것이다. '슬로 시티'라는 별칭답게 증도에는 딱히 관광지라 부를 만한 곳이 없다.

성수기가 지난 해변도 그대로 방치되어 있다. 기울어 쓰러질 듯한 파라솔 밑으로는 여기저기 수거되지 못한 지난여름의 흔적이 뒹굴고 있다. 사람들과 여름날의 흥겨움이 빠져나간 해변에는 어디로도 가지 못한 모래와 바다만이 덩그렇게 남아 있고 여의도 면적의 두 배라는 거대한 염전에서는 소금만이 느리게 단합하고 있다.

눈에 보이는 능선이며, 들판과 밭에서는 여유로움과 쓸쓸함, 게으름 등등이 적당한 비율로 섞여 있다. 그 느긋한 공기를 병에 가두고 '증도 에어'라는 라벨을 붙이는 행위예술을 생각해 보다 이내 고개를 절레절레 흔들고 만다. 생의 고달픔을 잠시 내려놓은 여행자의 무의미한 장난 같아서.


이번 여행의 테마를 굳이 붙이자면 '실루엣 트래블' 정도 되겠다. 결과적으로 남은 사진에는 낙조를 배경 삼은 아이들의 실루엣만 가득하니. 큰 녀석은 얼굴이 하나도 보이지 않는다고 불만투성이다. 붉은빛 속에서 점프하는 사진을 멋지게 찍어줬는데도.

여행 시즌이 돌아오면 증도의 노을과 갯벌이 자주 마음을 들썩이게 할 것 같다. 아이들이 뭐라 해도 드러나지 않은 것들이 힘 있게 말하는 실루엣의 매력 때문이다.

나는 종종 검은 것들이 감춘 무언가에 빠져들곤 한다.

# 해남,
# 세계의 끝처럼 ___


해남은 세 번째다. 예전에 일로 한 번, 그리고 멀쩡히 다니던 직장을 그만두고 바람을 쐰다는 핑계로 10년 전에 왔다. 처음 만난 해남은 컴컴함 자체였다. 버스를 타고 터미널에서 숙소로 가는 동안 거의 가로등을 보지 못했다. 도로는 어두웠고, 낮은 빌딩도 어두웠고, 하늘도 어두웠다. 도저한 어둠은 해남을 지탱해 주는 에너지 같았다.

두 번째 해남에 갔을 때는 온통 '땅끝마을'이라는 마케팅 용어가 뒤덮고 있었다. 터미널에도 버스에도, 길에서도 땅끝은 해남을 먹여 살리는 확실한 자산이었다. 땅끝이라는 말의 강박적 사용 때문에 그곳은 마치 세상의 끝처럼 느껴지기도 했다. 터미널에서 마주친 검은 옷을 입은 할머니는 지상에 내려

앉은 한 마리의 커다란 새처럼 보였다. 그는 전혀 알아들을
수 없는 말로 무언가를 요구했는데 그 야윈 모습은 세계의 끝
에 어울리는 캐릭터였다.

그때 대흥사에 갔다. 운무가 산을 뭉텅뭉텅 그러쥐고 있는
날이었다. 새들은 산속에서 치열하게 울었고 이끼도 바위에
서 울창했다. 대흥사 앞에는 서산대사가 하셨다는 말씀이 쓰
여 있다.

한없이 넓으면 바다와 같지만 좁아지면 바늘 꽂을 자리도
없는 게 사람의 마음이다.

부정할 수 없는 말이다. 이런 말을 할 수 있는 지혜는 어떻게
체득해야 하는가. 물론 법구경을 열심히 읽고 외우면 말이야
할 수 있겠지. 하지만 체화된 지혜는 무엇으로 가능할까.

밤이 되자 대흥사의 웅장한 종소리는 땅바닥으로 낮게 깔
려 퍼져나갔다. 종소리는 한 번 울릴 때마다 마음을 강하게
움켜쥐었다. 가까이서 듣는 종소리의 위력이 그렇게 큰지 그
때 처음 알았다.

그때 묵었던 전통 여관이 깨끗하다고 말할 수는 없다. 동네에

보이는 낡은 여관이 규모가 큰 한옥의 모습을 하고 있다고 생각하면 된다. 이불을 들추면 머리카락이 보이기도 했다. 누군가 사연 많아 보이는 이의 긴 머리였다. 하지만 그곳에 축적된 시간의 양을 무시할 수 없다. 돌 하나하나 나무 하나하나 오랜 시간을 지나온 흔적이 역력했다.

음식은 맛있었다. 전라도 특유의 쿰쿰한 맛이 적당하게 입맛을 자극했다. 몇 가지 나물 반찬과 생선이 전부였지만, 한 상 가득 차려 내오는 아침은 크게 대접받는 느낌을 주었다. 방음이 제대로 되지 않아 밤이면 옆방에서 두런두런 거리는 소리가 들린다. 여관은 뒤뜰의 물소리와 함께 정겨운 곳을 여행하고 있다는 느낌이 물씬 드는 곳이다. 새벽에 대흥사에서 들려오는 종소리도 아득하게 감정의 뒤안길을 걷게 만든다.


세 번째, 이번 여행에서는 케이블카를 타고 두륜산에 올랐다. 역시 날은 흐려 운무가 산을 뒤덮고 있었다. 정상으로 가는 계단에는 처칠이나 드골이 했을 법한 역경에 대한 이야기가 군데군데 쓰여 있다. '하마터면 열심히 살 뻔했다'고 자조하는 세대에게 그들의 말은 먼 나라의 전투 용어처럼 들릴지도 모르겠다.

자꾸 무언가를 힘주어 극복하고 이겨내자고 하는 주장은

이미 동력을 잃어버렸다. 적당히 역경과 친구가 되고 다독여, 가급적이면 나의 '무욕'을 이해시키자는 식의 삶의 태도가 공감을 얻고 있다. 삶의 고난과 싸워야 하는 목적이 먼 미래의 행복을 위해서였다면 지금의 대중은 그 행복을 멀리서 찾을 필요가 없다는 깨달음을 얻게 된 것인지도 모른다. 이름 하여 '소확행'이라고 하지 않나. 어차피 먼 미래에도 눈이 번쩍 뜨일 행복 같은 것은 없을 테니.

산의 정상에서 시시각각 변하는 구름도 그러한 세태를 응원하는 듯했다. 영원한 것은 없고 우리가 좇는 것은 환영에 불과하다고. 그러니 어렵게 쟁취해야 하는 것보다 지금 가지고 있는 것을 소중히 하라는…….

산에 오니 스님 같은 생각이 가득 찬다. 새벽잠을 설칠 때 들린 종소리의 힘이 분명하다.


비수기라 숙박을 따로 예약하지 않았다. 해안도로를 따라가다 좋은 곳이 보이면 일단 물어볼 예정이었다. 마침 땅끝마을에서 얼마 떨어지지 않은 바닷가 마을에 새로 지은 듯한 펜션 하나가 보였다. 마당에는 몇 그루의 야자수도 있었다.

이국적 풍경에 끌려 관리실의 문을 열어보았다. 고요하게 생긴 할아버지 한 분이 나오셨다. 오늘 묵을 사람은 우리 가족 외에 아무도 없다. 방에서는 바다가 보였고 '와도'라는 자그마한 섬도 보였다. 섬에는 '미니 숲'이라고 불러도 좋을 소나무들도 있다.

"물이 빠지면 길이 생기는데, 그럼 섬에 갈 수 있어요."

할아버지가 전설을 이야기하듯 일러주시자, 주저하던 관광객은 그 말에 흔쾌히 방값을 지불했다.

밤이 되자 주변은 역시 캄캄한 어둠이 내려앉았다. 바다 위에 밥공기 같은 섬의 실루엣이 환영처럼 떠 있다. 몇 마리인가 개가 컹컹 짖고 물이 빠진 갯벌에는 몇 척의 배가 정박해 있다. 펜션의 창문으로 비치는 밤바다는 막 붓을 뗀 화가의 그림처럼 보였다.

# 여전히 모자란
# 해골물 드링크 ___

이제 막 사춘기에 들어선 아들과 러브호텔에 갔다. 아내와도 한번 가본 적 없는 곳을. 물론 신기한 성인 장난감이 여기저기 널브러져 있는 본격적인 러브호텔은 아니다. 예전에 러브호텔이었던 곳을 '러브러브'한 컬러를 약간 빼고 좀 얌전한 호텔로 변신을 시도한 곳이다. 하지만 여전히 그 분위기가 완전히 가시진 않았다. 우리가 묵을 당시에도 젊은 연인들만 보였다.

아들과 짧은 여행을 계획하고 숙소를 알아보다 어쩔 수 없이 선택한 곳이다. 연휴 기간이라 게으른 여행자에게 남아 있는 방이 없었다. 방이 있긴 했지만 예전에 이용했던 가격에 많게는 세 배를 주어야 했다. 결재하려던 손이 부들부들하다 포기하고 말았다.

구글 지도를 통해 바닷가 근처의 숙박업소를 찾다가 발견한 곳이 이곳이었다. 창밖으로는 서해대교가 보이고 갯벌이 장대하게 펼쳐졌다. 약간 께름칙했지만 창밖 풍경이 좋아 예약을 했다.

막상 가보니 주차장도 넓고 그리 나쁘지 않았다. 숙박업소에 있는 관리자는 서늘한 날씨에도 민소매 옷을 입고 보란 듯이 팔뚝의 문신을 자랑했다. 아들과 함께 좁은 엘리베이터를 탔는데, 향수 냄새가 진하게 풍겼다. 향수의 미니 왕국에 들어온 착각이 들 정도로.

우리가 도착한 시각은 밤 9시 정도였다. 갯벌과 바다는 컴컴했고, 저 멀리 서해대교만이 우주에 떠 있는 구조물처럼 빛을 내고 있었다. 나는 그 풍경에 흠뻑 빠져 쳐다봤지만, 아들은 호텔 앞에 버려진 '올드 카'를 신기하게 바라봤다. 차 전문가가 아닌 나로서는 무슨 차인지 알 수 없었다. 오랫동안 방치되어 있었던 것처럼 주위의 잡초들과 끈끈한 유대관계를 형성하고 있었다. 사진을 찍었다면 인상 깊은 폐허 사진이 될 듯했다.

예상했듯이 호텔 주위에는 아무것도 없다. 그 흔한 편의점도, 슈퍼도, 길고양이조차도 보이지 않았다. 외딴 섬 같았지만 개인적 취향에 맞는, 하룻밤 묵기에 나쁘지 않은 곳이었다. 다만 방음이 신경 쓰였다. 혹시라도 한밤중에 호텔에서 이상야릇한 소리라도 들려온다면 아들을 어떻게 대해야 할지 걱정이 되었다.

중학교 2학년 아이라, 분명 그 소리가 무엇을 의미하는지 알 것이다. 그렇지만 그 소리를 아들과 함께 듣고 싶지는 않았다. 더더구나 아침에 일어나 아들의 얼굴을 정면으로 볼 자신이 없었다.

밤에 침대에 눕자 물이 떨어지는 소리에도 신경이 쓰였다. 누군가 샤워기를 드는 소리라도 들리지 않을까 노심초사했지만, 다행히 호텔은 고요했다. 결과적으로 밤 내내 어떤 소리도 들리지 않았다. 신기했고 미안했다. 사람의 외양만 보고 그 속까지 판단해 버린 속물이 된 느낌이 들어서.

물론 이 성수기에도 옆방이 비어 있어서 그랬는지, 아니면 정말 우주선만큼 최첨단 방음시설이 갖춰졌는지 알 수는 없었지만. 입실할 때 봤던 민소매 남자에게도 미안한 마음이 들었다. 그의 개성을 어둠의 세계와 연결시키려 했던 나 자신의 속단에 대해.

아침에 호텔을 나설 때 비가 내렸다. 어때, 이 정도는 괜찮지?

하는 기분 좋은 가을비였다. 밤사이 걱정으로 마음에 낀 때를 씻어주는 듯했다. 아들은 아빠의 걱정을 아는지 모르는지 사춘기 소년 특유의 심드렁한 얼굴을 하고 있다. 세상만사에 관심없다는 듯.

떠나올 때 본 호텔은 멋진 외양이었다. 밤에는 싸구려 모텔 같다고 생각했는데, 갯벌 위에 우뚝 선 발사 직전의 우주선처럼 보였다.

살아오면서 원효대사의 '해골물'을 수십 리터나 들이켰다고 생각했지만, 여전히 선입견은 장기처럼 마음속에 고정되어 있다. 아직 모자란 듯하니 주기적으로 마시게 누군가 해골물 드링크라도 출시해 주면 좋으련만.

# 소박한
# 겨울왕국을
# 기다리며 ___


영화에 나오는 강변호텔에 갔다. 물론 영화를 본 다음날 영화 속 배경을 찾아갈 정도로 부지런하지는 않다. 마침 집에서 차로 30분 만에 갈 수 있는 거리라 드라이브 삼아 아내와 길을 나섰다.

호텔의 이름은 하이마트. 이름부터 예사롭지 않다. 아주 드물게 하룻밤 묵으면서 최신 가전제품을 체험해 보는 그런 트렌디한 곳일까 생각하는 이도 있겠지만 전혀. 서울 중심가도 아니고 으슥한 강변에 그런 곳이 들어설 리는 없다. 홍상수 감독의 영화에 가전제품 사용법에 대해 옥신각신하는 내용이 나올 법 하지만 그리 어울릴 것 같지도 않고.

호텔의 이름은 독일어로 Heimat며 '고향'이라는 뜻이다. 그래서인지 건물의 외관은 마치 채르맛Zermatt(스위스 리조트

마을) 인근의 산장을 연상시킨다. 사실 말이 호텔이지 어떤 기준 때문에 근처의 모텔들과 구별해 호텔로 불리는지는 모르겠다.

생각해 보니 호텔 주변은 이전에도 몇 번 지나친 적이 있다. 3층짜리 건물이라 나무에 가려 외관이 도로에서는 보이지 않았다. 오래된 건물로 운치는 있으나 젊은이들이 찾는 곳은 아니다. 주말인데도 북적이지 않은 호텔 정원 풀밭에 앉아 강가를 마주 보는 것은 즐거운 일이다. 근처 젊은이들이 모이는 카페만 가도 주차할 곳이 없을 정도로 사람들이 바글거린다.

호텔 진입로에는 '홍상수 감독의 강변호텔 촬영지'라는 플래카드가 마치 구세주를 영접하듯 걸려 있다. 달리던 차의 브레이크를 밟게 하겠다는 의지가 느껴지는 컬러풀한 색이지만 그다지 많은 이들을 불러 모을 것 같지는 않다. 워낙 그의 이름이 많은 여자들 사이에서 각자의 '악인전'에 쓰이는 상징 같은 존재가 되어버렸으니.

호텔 내부의 카페에서 커피와 빵을 주문했다. 맛이 나쁘지 않다. 놀랄 맛은 아니지만 호텔의 연륜과 함께 조금씩 개선되어 오늘에 이르렀다고 할 만한 맛이다. 강이 보이는 풍경 값이 포함된 터라 싸지는 않다. 강의 입장에선 괘씸할 법도 한데

군소리 없이 두물머리를 향해 흘러가고 있다. 그게 바로 자연의 미덕이겠지만.

강을 거슬러 보트 하나가 강의 주인인 양 굉음을 내며 달려가고 환호성을 지르며 수상스키를 타는 모습은 이 적요한 습지에서 어딘가 위악적이기까지 하다. 가까이에서 보지 않아도 강을 지배하고 있다는 사람들의 가득한 자만이 느껴진다.

영화에서처럼 겨울이 오고 언 강에 눈이 쌓이면 풍경은 한층 아름다울 것이다. 그 속에서 우리는 추억이라 이름 붙은 것들을 따뜻한 차 한잔과 함께 소환할 테고. 여름을 활보하던 이들이 움츠러들면 강가의 겨울은 온통 자연의 것이 되리라. 그때 이곳의 진정한 멋을 느낄 수 있을 것 같다. 여름이지만 벌써 그 소박한 겨울왕국이 기다려진다.

# 내 여행의
# 안부를 전하고 싶은
# 당신들에게 ___

해안도로를 따라 여행을 떠나고 싶다. 그러다가 통창으로 바다가 보이는 카페에 들어가서 아이스 아메리카노 한 잔을 마시는 거다. 앞에는 파도가 일렁이고 하늘은 파랗다. 물론 비가 내려도 괜찮다. 어떤 날씨건 도시를 떠나 바다에 있는 것만으로도 기분 좋은 일이니까.

줄에 걸린 생선과 마을을 어슬렁거리는 고양이, 기회를 엿보는 갈매기와 바닷가 마을의 그림을 완성하는 것들은 무엇이라도 좋다. 빨간 등대라도 하염없이 바라보며 그저 시간을 소비하련다. 물처럼 흘러가 바다로 간들 무슨 상관인가. 시간의 환금성을 계산하지 못하는 어리석은 인간이라고 누군가 시비를 건다면 씩 한번 웃어주고 싶다. 그의 예상보다 한참 더 어리석어 보이게.

그러다 슬슬 지겨워지면 차에 올라가 시동을 건다. 오랜 시간을 함께 해온 '올드 카'라도 나쁘지 않다. 애처로운 엔진음과 삐걱대는 미션이 예정에 없던 여행에는 오히려 어울릴 테니.

목적지는 없다. 어딘가 달리다 보면 해가 질 것이고, 또 노을이 이렇게 살아도 괜찮은가, 라고 걱정하듯 묻겠지만, 어두워진 산길의 도로를 구불구불 달리고 있노라면 검은 나무들이 조금은 무섭게 스쳐 가더라도, 작은 마을의 모텔 간판이라도 보이면 또 그것으로 족하다.

깊은 산중에서 인가를 발견한 고전 드라마의 주인공처럼 나는 안도할 것이다. 모텔 네온사인의 일부는 빛을 잃은 지 오래겠지만 어쩌겠는가. 다음날 아침 모텔이 무덤으로 변하지는 않겠지.

그 옆에 늦게까지 불을 밝힌 백반집이 있다면 주저 없이 들어가 볼 것이다. 그저 밥과 찌개가 있을 뿐인데 정신없이 배를 채울 수 있는 곳이라면. 밥을 먹고 나오면 가로등 하나 찾기 어려운 마을의 어둠 속에서 어느 화가의 미니멀한 그림 같은 산등성이를 보며 부산한 일상과의 경계가 주는 여러 감정을 헤아려 볼 수도 있을 것이다.

희망이겠다만, 아침이면 아마도 새소리가 들릴 것이다. 어딘가에서 희미하게 장작 타는 냄새가 나면 제법 멀리 왔다는, 공중을 부유하는 느낌에 사로잡힐 테고. 밤과는 다른 마을 풍경에 흠칫 놀라 아주 긴 밤을 지나온 듯한 여행지의 아침을 맞이할 것이다.

안개가 끼어 있다면 그 나름대로 반갑다. 막막함은 목적 없는 여행을 위한 장식품 같은 것이고 지나가야 할 문 같은 것이니.

그러다 문득 재채기처럼 지인들의 얼굴이 떠오르겠지. 안녕들 하신가. 나는 지금 무작정 여행 중이라네. 바쁜 일상을 보내는 댁들에게 미안하게도. 하지만 너무 부러워 마시라. 초호화 럭셔리 여행을 즐기고 있는 건 아니니.

그저 내 인생 어딘가에 부목처럼 박혀 있는 여분의 시간을 빼내 조금씩 깎아나가는 것뿐이라고, 중얼거리며 자랑하고 싶다.

# 내 마음에 여행 온 사람들

# 아버지의
# 입춘대길 ___

내가 어린 시절, 해마다 입춘 전날이 되면 아버지는 먹과 벼루를 준비하셨다. 그리고 내게 먹을 갈라고 하셨다. 아버지는 길게 자른 화선지를 상 위에 펼쳐놓으시고 한자들을 적어내리셨다. 그중에는 '입춘대길'이라는 글자도 있었지만 내가 읽을 수 없는 긴 주문 같은 것들도 있었다.

지금 와서 생각해 보면 가족의 행복을 기원하는 내용이었다. 아들 녀석 공부를 잘하게 해달라거나, 한 해 건강하게 해달라거나 하는 축문이었다. 쓰기가 끝나면 아버지는 종이에 정성스레 풀칠을 하시고 집안 여기저기에 붙이셨다.

나는 그것을 보며 여전히 추운 날인데도 '아 벌써 봄이구나'라고 생각했다.

아버지가 계시지 않은 첫해, 입춘을 맞는다. 방 천장에 붙였던 묵은 것들을 떼어내고 새로 써서 붙여야 하지만 올해는 그렇게 할 수가 없다. 내가 써볼까도 생각했지만 아버지만큼 가족을 생각하는 마음과 축원의 기운을 담을 수는 없을 것 같아 그만두었다.

절기에 맞춰 하는 행위가 실제 인간사에 어떤 영향을 주는지는 모르겠다. 그렇게 봄을 맞는 기복 행위 덕분에 화사한 우주의 기운이 1+1로 올는지 알 수는 없다.

하지만 몇백 년을 이어온 문화를 단지 미신이라는 이유만으로 부정할 마음은 없다. 설령 미신이라 해도 그 속에 담긴 정성은 대체하기 어려운 가치라는 생각이 든다. 가족을 생각하며 한 자 한 자 공을 들여 적어 나가는 행위를 무엇으로 대신할 수 있을까.

그것은 내게 정신을 고양하는 하나의 문화이며, 분명 백화점에 가서 가족들이 좋아할 신상을 고르는 것과는 구별되는 것이다.


장난꾸러기 아들 녀석을 보며 생각한다. 나는 어떤 기억을 남겨줄 수 있을지. 교과서에 등장하는 미국 단편소설 같은 훈훈하고 인상 깊은 교훈을 주고 싶지만 나와의 경험에서 미스터리 공포 소설의 대가 스티븐 킹의 소설을 떠올리지나 않을지. 요즘 부쩍 장난기가 반항기로 옮겨가는 녀석을 보며 조금은 걱정이 된다.

할아버지에게서 아버지로, 그리고 아들에게로 무언가를 이어갈 수 있다는 건 정말 멋진 일일 것이다. 부를 상징하는 비싼 시계 같은 유형의 자산도 좋겠지만, 해마다 입춘이 오면 정성스레 먹을 갈아 가족의 행복을 담은 문장들을 써내려간 다는 것은 먼 훗날을 떠올리면 근사한 일이 아닐 수 없다. 가족의 유구한 전통을 위해 붓글씨 연습을 좀 해야겠다.

# 달의
# 게임 ___

저녁을 먹고 작은 녀석과 산책을 나갔다. 달은 오늘따라 노랗게 익었다. 마치 손으로 누르면 누런 액체라도 쏟아질 것처럼. 까만 밤, 빌딩 숲 위의 달은 자연의 유일한 저항처럼 보였다. 밤하늘에 홀로 남아 인위적인 모든 것들에 대항하고 있다.

녀석은 무슨 이유인지 시무룩하다. 아마도 학교에서 무슨 문제가 있었던 듯하다. 보나 마나 친구들과의 문제일 것이다. 나를 닮아 잡기에 소질이 없다. 운동도 그렇고 게임도 영 신통치가 않다.

　언젠가는 심각한 얼굴을 한 채 내게 물었다.

　"아빠, 매일 지는 걸 재밌게 할 수 있어?"

　지금까지 10년 넘게 살아오면서 생긴 가장 심각한 질문 같앉다. 표정은 어느 철학자보다도 진지했다. 그날 내 마음의 어딘가가 툭 하고 허물어지는 걸 느꼈다. 도무지 대답할 게 생각나지 않았다.

아마도 오늘도 녀석은 그때와 비슷한 기분일 것이다.

"하나만 약속해 줄래? 네가 뭘 잘못하더라도 너 자신을 미워하진……."

녀석이 머리를 끄덕였다. 내가 이야기하고자 하는 걸 알아들었는지 알 수 없다. 아빠가 중요한 이야기를 한 거 같고 어떤 식으로든 동의를 표시해야 한다는 의무감이 일었을 것이다.

"아빠, 나 오줌 마려."

아마도 내 지레짐작이었나 보다. 녀석은 단지 생리현상이 불러온 고뇌와 마주하고 있었을 뿐이다. 지나온 빌딩의 불은 꺼져 있고 아빠도 좀처럼 해결해 줄 수 없는 문제를 품고 걸어온 것이다.

나의 말은 과녁을 한참이나 빗나간 게 되었다. 아빠의 말이 들리기나 했을까.


조금 걷다 보니 어두컴컴한 빌딩 1층에 경비실이 보이고 얼핏 사람의 실루엣도 보인다. 안을 들여다보니 복도 양편으로 남녀의 픽토그램도 보였다. 우리가 찾는 게 마침 그곳에 있었다.

문을 당겨보지만 조금도 움직이지 않는다. 이내 검은 실루엣이 오른쪽을 가리켰다. 손사래를 치는 건 줄 알았는데 오른쪽으로 돌아오라는 말이었다. 그곳에 열린 문이 보였다. 불도 없는 곳에서 검은 구세주를 만난 느낌이었다.

"무슨 일이요?"라고 구세주는 조금은 퉁명스럽게 묻는다. 마음속에서 그는 구세주의 지위를 아주 조금 상실하고 만다.

"화장실 좀 갈 수 있을까요? 아이가 좀 급해서요……."

어둠 속에서 나는 최대한 공손한 표정을 짓고 있었다. 마치 예의범절의 표본처럼.

구세주였던 실루엣은, 아니 실루엣이었던 구세주는 우리를 빌딩으로 들여보내 주었다. 녀석은 이내 화장실로 들어갔다 그곳에 숨어 있던 조그만 행복을 데리고 나온다.

"감사합니다"라고 나는 어둠 속에 불이라도 켜질 것 같은 목소리로 고마움을 표했다 그 소리를 들은 실루엣의 검은색은 농도가 조금 옅어진 것 같지만 별다른 말은 하지 않는다. 그래 잘 됐구나, 같은 말이 나오려면 몇 단계의 명도를 뛰어넘어야 할 것이다.

아이도 꾸뻑 인사를 하며 고마움을 표시했다. 다시 보니 실루엣은 블랙으로 짙어져 있다.

달은 여전히 샛노란 색이다. 그리고 여전히 세상의 모든 블랙과 홀로 싸우고 있다.

"지는 게임이 재미있지 않다면 아빠하고 새로운 게임을 만들어 보자."

달은 지고 이기는 게임을 하는 게 아니니까.

녀석은 물끄러미 아빠를 바라본다. 생리현상의 고뇌가 사라진 자리에는 그저 졸린 기색이 역력한 아이의 눈망울이 있을 뿐이다.

# 사인이 불러온
# 시큼한 상상 ___

아내와 밥을 먹으러 갔다. 오늘은 집 근처에 있는 국숫집을 골랐다. 꽤 유명한 데라 시 외곽에 체인점도 몇 개 있는 곳이다. 자리에 앉자마자 벽 위에 하나 가득 걸려 있는 유명 인사들의 사진과 사인이 보인다. 여러 번 왔지만 유심히 본 적은 한 번도 없다. 무슨 상관이랴.

하지만 오늘은 유난히 눈에 밟히는 사진들이 있다. 죽은 사람들이거나, 다시는 텔레비전에 나타나지 않는 이들이다. 가끔씩 지난 추억을 훑는 프로그램에 등장하곤 했지만, 대부분 현재의 모습은 아니었다. 지금은 어디서 무엇을 하는지, 알 길은 없다.

한때 찬란했던 기억만큼이나 사인도 휘황하다. 글자에서 기운을 느끼는 민감한 이가 있다면 어떤 정보도 없이 필력만으로 그들의 전성기를 알아볼 듯하다. 흡사 여러 마리의 용이나 뱀이 용솟음치는 장면 같다. 아마도 자신의 좋은 기운을 남들에게 조금 덜어준다는 마음으로 사인을 한 건지도 모르겠다.

벽에 걸린 많은 이들이 아직 현역에서 활발하게 활동하고 있다. 그들 사이 사라진 이들은 넷플릭스 드라마 〈오징어 게임〉속 전광판의 불이 꺼지듯 더 이상 빛나지 않는다. 가끔씩 교외 카페에 걸린 플래카드에서 보이는 이름들이 생각난다. 그들도 조만간 어딘가의 하구로 흘러갈 것이다. 그곳에서 만날지도 모르겠지만, 서로를 반갑게 맞이하지는 않을 것 같다.

국수 하나 먹으러 와서 자리를 잘못 앉았는지 씁쓸한 상상이나 하고 있다. 한때나마 빛났던 이들의 이름이라 그런 것 같다. 한 번도 빛나지 않은 사람들이라면, 인생 뭐 있나, 거기서 거기지 하고 아무런 상념이 없었을 텐데. 유난히 그들 인생의 포물선 때문에 내 기분마저 가라앉고 만다.

하지만 역시 시큼한 기분을 날려버리는 건 혀를 자극하는 음식이다. 국물 한 모금에 잠깐 자리 잡았던 뇌의 어두운 기운이 스르르 자취를 감춘다. 컴컴한 다락방에 랜턴이라도 들이

댄 것처럼.

　나라는 인간은 맛있는 요리를 먹을 수 있는 한 깊고 긴 생각은 절대 하지 못할 것이다. 그래도 감각의 노예처럼 그 제국에 영원히 살고 싶다. 어두운 생각 따윈 저 멀리 밀어버리고.

# 신기하지만
# 가끔씩
# 일어나는 일 ___

오랜만에 친구를 만났다. 초등학교 때 처음 알게 된 녀석이다. 중학교를 거치면서 가까워졌다가 고등학교 때 멀어졌다. 다시 대학과 군 시절을 지나며 멀어졌다 가까워졌다를 반복했다. 물리적 거리가 그랬고 마음의 접점이 그랬으며 우정을 받아들이는 각자의 생각이 그랬다.

그러는 사이 녀석은 결혼을 했다. 친구들 사이에 가장 먼저 한 결혼이었다. 조신한 여자친구가 아내가 되었고 친구들의 부러움을 샀다. 하지만 부족한 살림이라 원룸에 신혼집을 차렸다. 그마저도 빚이 컸으니 친구 녀석도 아내도 가진 거라곤 사랑밖에 없었다. 아마도.

장인어른이 돌아가신 건 그 후로 얼마 지나지 않아서다. 50대중반의 장인은 가족들에게 부도라는 쓰라린 경험을 남기고 저세상으로 갔다. 사인은 폐암이었다. 아내의 어린 동생들과 그들의 어찌할 수 없는 슬픔과 치러야 할 초상은 맏사위의 몫이었다. 많지 않은 부조금 앞에서 친척들 중 누구도 선뜻 장례 후의 일을 말하지 못했다. 모두 돈 앞에서 풀죽어 있을 뿐이었다.

친구는 아내 몰래 장지를 샀다. 경기도 광주의 공원묘지였다. 물론 마이너스 통장의 힘이었다. 아내와 그의 어린 동생들의 슬픔을 조금이라도 달래기 위한 결정이었을 것이다. 어린 동생들에게 불구덩이로 들어가는 장인의 모습을 보여주고 싶지 않았다고 그는 고백했다.

어찌 되었든 장인의 시신을 고이 묻어드렸다. 당시의 아내는 상의 한마디 없이 일을 저질렀다고 불같이 화를 냈지만 아직까지도 그때 일을 떠올리며 고마워한다고 친구가 말했다. 모든 부부싸움을 평화로운 종결로 이끄는 길목이라고. 한마디로 평생 '까임방지권' 같은 티켓을 얻은 셈이다.


이야기는 지금부터다. 녀석은 장인어른이 돌아가실 즈음 큰 프로젝트 건을 진행하고 있었다. 성공만 하면 회사에 많은 이익을 가져올 수 있었다. 장인의 혼이 도왔는지 친구는 프로젝트를 수주했고 일을 깨끗하게 마무리 지었다.

정확히 1년 뒤 녀석은 회사로부터 인센티브를 받았다. 그런데 신기하게도 통장에 꽂힌 금액이 장인어른의 장지를 사는 데 든 비용과 십만 원 단위까지 일치했다는 것이다. 〈서프라이즈〉에 나올 듯한 이야기 같지만 거짓말은 아닌 것이 분명했다. 거짓말이 향하는 목적이 모호했으므로.

어쩌면 살아가면서 한 번쯤은 들을 법한 이야기다. 특히 누군가의 죽음과 관련해서…… 아마도 우연이거나 아니면 내가 모르는 섭리의 작용이던가……. 친구에게 그처럼 기억할 만한 일이 또 일어났는지는 알지 못한다. 그는 취했고 화제는 가정에서 사회로 그리고 트럼프까지로 로켓이 발사되듯 넘어갔다.

무엇이 되었든 그가 겪은 일이 그를 바꿔놓은 건 분명해 보였다. 드문드문 그는 다른 사람이 되어 나타나곤 했으니까. 그 일은 그를 종교인으로 만들지는 않았지만 적어도 삶을 대하는 어떤 신념이나 자세 같은 것을 심어준 듯 보였다.

그 신념이 녀석을 반듯하게 만들었을 것이다. 내가 아는 한 그는 가장 모범적인 가장이다.

# 이른 아침 걸려 온
# 전화 ___

여행지에서 이른 아침에 모르는 번호로 전화가 온다면 그리 유쾌한 일이 아닐 확률이 높다. 오전 7시 반에 그런 전화가 왔다. 받을까 말까 망설이다가 전화를 받았다. 하기 싫은 일 중 다섯 손가락 안에 들 일을 해버린 것이다.

예상대로, 숙소 주차장에 있는 내 차를 긁었다며 청년이 상기된 목소리로 말했다. "아주 조금"이라는 말을 여러 차례 반복했다. 난감했다. 이런 상황에서 실랑이하는 것은 아마도 내가 하기 싫은 일 중, 가장 싫은 일이다. 우락부락하게 생긴 자가 뭐 별거 아니라는 식으로 대충 합의 보자고 하면 전쟁을 치러야 할지도 모르고, 그런 과정이 즐거운 사람이 세상에 누가 있을까?

동물원 쇼룸에 나가는 생기없는 초식동물처럼 주차장으로 갔다. 결의를 다진 입 매무새 정도는 보여주겠다는 느낌으로 갔는데 청년을 보자 그럴 필요가 없었다. 굉장히 예의 바르게 자초지종을 설명했다.

숙박지 근처 시청에 근무하는 공무원이라고 소속을 밝혔다. 적지 않게 안심이 되었다. 보험으로 처리해드리겠다고 내가 보는 앞에서 보험사에 연락했다. 경우 없는 일을 할 사람처럼 보이지는 않았다. 내가 되레 미안할 정도로 연신 사과를 했다.

차의 상태로 말하자면 자세히 보지 않으면 모르고 지나쳤을 스크래치가 조수석 앞부분에 나 있었다. 굳이 청년이 전화를 걸지 않았다면 그 스크래치를 하고서 몇 날 며칠을 돌아다니지 않았을까 생각할 정도로. 하지만 자세히 보니 도장 면이 까져 있었다. 컴파운드로 문질러서 해결될 일은 아니라, 일단 보험 접수를 했다. 청년의 예의바름에 나도 최대한 젊은이를 안심시키려고 노력했다.

그런데 참 알 수 없는 일이다. 숙소 주차장은 바다보다 넓었다. 고기잡이배 서너 척을 끌어다 놔도 될 정도로 빈자리가 많은 평일 오전, 왜 하필 내 차 옆에다 주차를 하려 했는지.

심지어 내 옆에 두 자리나 비어 있어 한 칸 건너서 주차해도 됐을 텐데 굳이 뭐하러……

이야기를 들어보니 얼마 전 고속도로에서 4중 추돌 사고를 일으킨 장본인이라고 한다. 그때 견적이 수천만 원 나와 보험으로 처리했다고. 과연 예의만 바른 이 청년은 차를 계속 몰아도 될지 걱정이 되었다. 내 차 옆에 주차된 청년이 모는 소형차가 왠지 불길한 기운이라도 덮어쓰고 있는 느낌마저 들었다. 자꾸 사람을 그른 길로 안내하는 요물처럼.

청년은 무언가에 홀린 듯한 표정을 하고서 마스크를 쓰고 코를 훌쩍이며 연신 기침을 하고 있었다.

그 넓은 주차장에서 내 차를 긁은 자신의 행동을 도무지 이해할 수 없다는 듯이 말하는 청년 옆에 아무 일도 없었다는 듯 천진난만한 표정으로 주차된 청년의 차가, 먼 훗날 '옐로우 매거진'의 가십성 기사로 등장하지 않기를 바라며 청년과 헤어졌다.

이른 아침 관광객들이 숙소를 떠나서 그런지 주차장의 빈 자리들은 더할 나위 없이 광활해 보였다.

# 아이들은
# 세상의 불씨 ___

오랜만에 고레에다 히로카즈 감독의 영화를 봤다. 〈바닷마을 다이어리〉(2015). 그의 영화를 보면서 매번 느끼는 거지만, 고레에다 히로카즈는 하나의 장르가 된 것 같다.

사람의 마음을 따뜻하게 하는 영화에도 장르라고 이름 붙일 수 있다면 고레에다 히로카즈의 영화가 전해주는 따스함은 내용을 달리하지만 비슷한 균질감을 가지고 있다.

그의 영화는 사람들 사이에서 생기는 다양한 감정의 레이어 중에서 특히 온기가 불러일으키는 감정의 전이를 영화라는 체로 걸러 보여준다. 어떤 시련과 악함에도 좀처럼 그 온기는 차가워지지 않고 끝까지 생명력을 유지한다. 물론 그의 영화에서 어마어마한 불운이나 사악함이 인간들을 괴롭히지는 않는다.

감독의 영화에 아이들이 자주 주인공으로 등장하는데, 〈바닷마을 다이어리〉에서도 스즈라는 캐릭터는 불씨와 같은 역할을 한다. 어른들은 그 불씨를 살려 따뜻한 세상을 만들기 위해 노력한다. 그 노력은 뼈를 깎는 과한 노력과는 거리가 멀다. 각자의 자리에서 세상의 차가움과 맞서며 옷을 나눠 입는 정도의 노력이다. 그러한 일만으로도 세상은 살 만한 온기로 가득하다고 감독은 이야기한다.

고레에다 히로카즈 영화의 단골손님인 배우 릴리 프랭키와 키키 키린은 영화 속에서 바로 그러한 온기를 가진 사람이다. 외모와 행동만 봐도 결코 진지함이나 성실함과는 멀어 보이지만 바로 그런 면이 팍팍한 세상의 쉼터 같이 느껴진다. 존재만으로도 감독이 구현하려는 영화 세계를 보여주고 있달까. 그들이 이따금 던지는 한마디가 영화를 잔잔한 감동의 바다로 밀고 간다.

제목에서도 짐작 가능하듯이 이 영화 또한 엔딩의 배경으로 바다를 선택했다. 얼마 전에 본 〈세자매〉(2021)도 마찬가지인데, 인간의 모든 것을 품어줄 것처럼 살아 있는 물이 치유의 장소로서 기능하는 것은 어찌 보면 당연한 것이다. 마지막 장면에서 네 자매가 걷는 바다는 얽히고설킨 인연의 상처를 부드럽게 어루만져 주고 있다. 그들의 다이어리가 앞으로도 화사함만으로 채워지지는 않겠지만 바로 옆에 바다가 있다는 것만으로도 큰 위안이 될 것 같다.

감독의 여러 영화가 죽음으로 시작하거나, 죽음으로 끝을 맺는다. 죽음은 그가 추구하는 세계의 강한 모티브다. 〈아무도 모른다〉(2005)나 〈어느 가족〉(2018)에서도 그랬지만 죽음은 등장인물들의 관계를 흩트려 놓는 동시에 결속하게도 한다. 혹은 감춰졌던 진실을 드러내기도 하고. 그렇게 흔들렸다 다시 찾아가는 자리는 이전과 다른 모습이다. 그 과정에서 우리에게 무엇이 필요한지, 고레에다 히로카즈 감독은 지속적으로 그의 장르를 통해 묻고 있다.

# 때론 가혹한
## 삶의 모습 ___

아침에 아내에게 충격적인 이야기를 들었다. 아들 녀석의 친구 엄마가 갑자기 돌아가셨다는 것이다. 지난 주말에도 친구의 엄마가 잠깐 병원에 간다고 해서 아들이 그 친구 집에서 놀다 왔다.

　그런 분이 느닷없이 암으로 돌아가셨다고 하니 놀라지 않을 수 없었다. 그동안 큰병에 걸렸다는 사실조차 모르고 있었다. 그야말로 날벼락 같은 소식이 아닐 수 없다.

서너 달 전에 아들의 친구와 함께 셋이서 영화를 본 적이 있다. 녀석을 그때 처음 보았다. 그런데 말하는 게 예사롭지 않았다.

　"체력이 좋은 것과 기운이 센 건 다른 거죠"라며 내 말의 오류를 지적하는가 하면 영화가 어땠는지 물어보는 아들의 물음에 뜨뜻미지근한 반응을 보였더니 "밋밋한 표현은 부정의 의미군요"라며 어른스러운 표현을 하기도 했다.

게임 좋아하며 노는 걸 보면 천상 초등학교 4학년 아이인데 말하는 건 교육 너머에 있는 어떤 재능까지 생각나게 했다. 물론 그 재능이 교육으로 더 키워졌음을 짐작할 수 있었다. 아이는 또래의 사내 녀석들과 다르게 예의도 발랐다.

그런 녀석이 상주의 옷을 입고 장례식장에 서 있는 모습이 그려졌다. 가슴이 저릿했다. 고작 12세의 나이에 세상에서 가장 큰 존재인 엄마의 부재를 어떻게 감당할 수 있을지, 그 내면에서는 어떤 일이 일어나고 있을지 짐작할 수도 없었다.

오후에 아내가 엄마들과 함께 장례식장에 다녀왔다. 아이는 아직 천진난만하다고 한다. 모든 것이 아마도 실감이 나지 않을 것이다. 더 이상 엄마가 보이지 않는다는 것도, 이제 영원히 만날 수 없다는 사실도. 너무도 갑자기 닥친 일이라 이 어지럽고 이상한 일들이 지나가면 모든 것이 정상으로 돌아갈 것이라고 생각할지도 모를 일이었다.

가족이 얼마 전에 해외여행을 다녀왔을 정도로 전혀 증상이 없었다고 한다. 갑자기 기침이 심해져 병원에 왔는데, 위에서 시작된 암이 상반신으로 퍼져 가망이 없다는 청천벽력 같은 소리를 들었단다. 그리고 더 충격적이게도 그로부터 며칠 뒤 엄마는 세상을 등졌다. 일찍 결혼해서 낳은 아이라 고인은 이제 겨우 30대 후반이었다. 그의 부모님 말씀대로라면 요즘에는 아직 결혼도 하지 않을 나이였다.

차라리 갑작스런 사고를 당한 것이라면 이해할 수도 있을 것이다. 누구에게나 아주 적은 확률로 그런 일들은 일어날 수 있으니. 하지만 이 경우는 예상조차 쉽지 않은 일이다. 이제 막 5학년이 된 외동아들을 생각하면 어떻게 눈을 감을 수 있었을까.

아들 녀석이 힘이 될 수 있을는지 모르겠다. 그 나이 또래 친구 엄마가 돌아가셨다는 게 어떤 의미로 다가올지, 어떤 위로의 말을 전해야 할지, 친구에게 닥친 커다란 결핍을 어떻게 받아들이고 행동해야 할지 과연 알 수 있을까. 아직도 게임을 하지 못하게 하면 부모에게 다짜고짜 신경질을 내는 어린아이에 불과한데. 어쩌면 그 와중에도 "우리 게임 할래?"가 가장 큰 위로의 말이라고 생각할지도 모르겠다.

아들 녀석이 장례식장에 다녀오고 싶다고 해서 그러라고 했다. 친구는 검은색 양복에 검은색 넥타이를 매고 있을 것이다. 지금까지 봐왔던 전혀 다른 모습을 하고서. 그러한 일을 겪은 열두 살의 아이들이 주고받을 수 있는 대화를 생각해 봤지만 전혀 감이 잡히지 않는다. 그저 친구로서 옆에 있는 것만으로도 힘이 되지 않을까 하는 막연한 생각밖에 할 수 없다.

삶은 때론 너무 가혹하게 우리 앞에 다가온다. 앞으로 아이가 감내해야 할 고통의 크기는 누구도 가늠할 수 없을 것이다. 늘 그렇듯 지인들의 따뜻한 관심과 시간이라는 먹먹한 위로에 기댈 수밖에.

# 헌혈,
## 그 선량함의 지분 ___

태어나서 처음 헌혈을 했다. 몸속의 피가 빠져나가 비닐 팩에 담기는 모습을 고스란히 보았다. 엑스레이 사진을 마주할 때처럼 묘한 기분이 든다. 저 뜨끈뜨끈하고 붉은 액체가 조금 전까지 내 몸속에서 돌고 있었다는 게, 또 다른 사람의 몸속으로 들어가 다시 생명력을 얻는다는 게 조금은 비현실적으로 느껴졌다.

군대에 있을 때 헌혈을 시도한 적이 있다. 조건이 맞지 않았다. 그 후로 헌혈을 생각해 본 적은 없다. 이번 경우는 사정이 생겨 자의 반, 타의 반으로 한 것이다.

헌혈의 집에서는 김태리의 얼굴에 굵은 주름을 그려 넣은 듯한 간호사 분이 상담을 해줬다. 세심하게 배려하고 있다는 느낌이 한가득 들었다. 그곳에는 일종의 기부를 하기 위해 온 이들에 대한 감사의 분위기가 기본적으로 배어 있다.

헌혈을 하기 전 물을 많이 먹으라고 했다. 피를 뽑은 후의 부작용을 완화할 수 있다고. 옥수수염차 세 잔을 연거푸 들이켰고 주스도 두 잔이나 마셨다. 바늘을 꽂고 피를 뽑는다니 긴장이 되었나 보다. 사막을 건너갈 말처럼 쉼터의 탁자 앞에 차려준 음료를 거침없이 들이켰다.

안내를 받고 침대에 누웠다. 이내 바늘이 꽂혔다. 흰 팔위 투명관을 보고 있자니 어딘가 스산한 느낌이 들었다. 팔목은 눈 내린 겨울 산에서 죽은 짐승 같기도 하고, 피가 빠져나가는 속도는 나라는 생명체가 사는 속도 같기도 하고. 살면서 입원 한번 한 적 없다 보니 피 뽑는 거 하나 가지고도 별의별 생각이 들었다.

기념품을 준다기에 이게 웬 떡인가 하고 여행용품 세트를 골랐다. 피가 빠져나가는 자리를 '득템'의 흐뭇함으로 채우고 있는데 옆자리에 젊은이가 조용히 말했다.

"기부할게요."

그렇지. 그런 게 있었지. 이내 부끄러워지고 말았다. 흘깃 보니 착하고 건강하게 생긴 청년이다. 결코 호들갑을 떨며 음료를 말처럼 마실 것 같지는 않다.

30분도 안 되는 시간 동안 많은 사람이 와서 헌혈을 했다. 매년 마라톤에 나간다는, 족히 70 중반은 되어 보이는 할아버지부터 철인 28호 같은 건장한 남자, 그리고 시험이 끝난 아들을 데리고 모자가 함께 온 경우, 우아하게 순번을 기다리는 '청담동 며느리 룩'의 아주머니까지.

참으로 다양한 사람들이 훈훈한 기부의 대열에 참여한다. 그들 모두 헌혈의 집 입구에 들어서는 표정에는 선량함의 지분이 가득하다. 결국 그곳에서 나누는 것은 따뜻한 피뿐만이 아니다. 사람들의 선한 의지는 한계 없이 쌓이고 또 그곳을 방문하는 이들에게 자연스럽게 퍼져나간다. 비닐 팩도, 냉장고도, 바늘도 필요 없다.

몇 가지 주의사항을 듣고 집으로 오는데 큰 변화 같은 것은 없었다. 어질어질하다거나 뭔가 정신적으로라도 결핍 증세 같은 게 나타나지 않을까 내심 걱정하기도 했는데 아쉬울 정도로 멀쩡하다. 아니 오히려 더 큰 걸 얻은 것 같다.

내 몸의 일부가 타인을 위해 쓸모가 있음을 확인한 건 나쁘지 않은 경험이었다. 그리고 어렴풋이 느낀 형태 없는 나눔의 가치도.

종종 붉은 피를 봐야겠다.

거울처럼 비추어 꺼내보는

# 도쿄라는 이름의
# 열정 ___

아이들과 같이 일본 애니 〈너의 이름은.〉(2016)을 보았다. 아들 녀석은 대략 서른여덟 번 정도 엉덩이를 들썩이며 몸을 뒤틀었고 열두 번쯤 뒤를 돌아보았다. 늦은 시간이라 앞이고 뒤고 사람은 없었다. 딸아이는 제법 진지하게 영화를 보았다. 주인공인 미츠하의 동생에게라도 감정이입이 된 건지 재미있어했다.

영화의 모티프는 SF 영화 〈인터스텔라〉(2014)의 신화적 형태 정도로 생각된다. 딸과 아버지가 아닌 이번에는 일면식도 없는 남녀라는 설정으로.

영화가 끝나자 문득 도쿄에 가고 싶어졌다. 이상한 페티시 같지만 다른 지역에 사는 주인공이 도쿄를 방문했을 때 지하철의 안내방송에서 다음 역명을 호명하는 "요요기, 요요기" 소리가 아련하게 들려오며 잊었던 추억을 불러냈다. 벌써 15년 전이다. 지금은 많은 것이 달라졌을 것이다. 가끔 가던 신주쿠역 근처의 조그만 스테이크 집이 그대로 있는지도 모르겠다. 만 원대 초반으로 먹기엔 너무나도 맛있는 스테이크를 파는 곳이었는데…….

일본에 처음 갔을 때 내겐 무엇보다도 지하철에서 다음 정차할 역명을 일러주는 성우의 목소리가 인상적이었다. 이케부쿠로는 굵은 바리톤의 목소리를 가진 군인이, 시부야는 아주 가는 목소리의 게이샤가 마이크를 잡고 있는 것 같았다. 이케부쿠로를 향해 진격해야 할 것 같았고, 시부야에서는 유곽의 거리가 펼쳐질 듯했다.

어떤 지역을 처음 가는 사람에게 아주 사소한 것들이 그 지역의 인상을 강하게 심어주곤 한다. 내게는 도쿄 지하철의 안내방송이 그랬다. 같은 노선에서 왜 그런 차이를 두는지 이유를 알 수는 없었다. 물론 지역의 정체성을 반영한 것 같지는 않았다. 이케부쿠로나 시부야를 성별로 구분할 만한 근거를 찾을 수는 없었으니.

가끔씩 도쿄가 그리워진다. 그곳에서 인생을 바꿀만한 오랜 유학생활을 한 것도 아닌데 말이다. 고작해야 열댓 번, 일 때문에 갔던 곳에서 심정적인 분신이라도 나눠놓고 온 기분에 사로잡힌다. 아마도 걷다가 쓰러질 정도로 힘든 줄도 모르고 도시 구석구석을 돌아다녔기 때문에 내게 애틋한 감정이 생겨난 것 같다.

깜깜한 밤, 일을 마치고 돌아온 호텔방에서 도쿄타워를 내다보며 뭔가를 이룰 것 같은 예감을 가졌던 10여 년 전의 날들이 추억이 된 지금, 일본 애니 한편이 나를 흔들어 놓았다. 내가 그리워하는 것은 도쿄라는 이름을 가진 열정이었는지도 모르겠다.

# 장사
# 잘 되세요?　　　___

저녁을 먹고 산책을 한다. 물론 시간이 허락되는 날에 한해서
다. 코스는 일정하다. 강변역 집에서 출발해 구의역 근처를 돌
아오는 약 4킬로미터 정도 되는 거리다. 멀지도 가깝지도 않
은, 꽤 걷고 있구나, 할 정도로 내 몸이 긴장하며 느낄 거리다.

그 코스 중간에 서너 달 전 오픈한 식당 하나가 있다. 식재료
가 모두 갖추어진 포장된 음식을 골라 가져가거나 식당에 마
련된 주방에서 직접 조리해 먹을 수 있는 색다른 곳이다. 처
음 몇 번은 큰 관심 없이 지나쳤다. 거의 저녁을 먹고 시간이
지난 후의 산책이라 위장은 잠을 자는 상태나 다름없어 식욕
따윈 전혀 느껴지지 않는다.

　　그런데 그 식당에서 손님을 본 경우가 단 한 번도 없다. 족

히 대여섯 번 정도 지나간 것 같은데 손님은커녕 날리는 파리조차 보이지 않을 정도로 적막했다. 대로변에 있긴 하지만 유동 인구가 많지 않아 그런가 보다 했는데 저녁 시간에 이렇게 사람이 없는 경우라니, 정말 암묵적인 보이콧을 연상하게 만들 정도다. 물론 그런 일이 있을 것 같진 않았다.

식당 안에는 대신 사장님인 듯한 50대 후반의 남자가 벽면에 걸린 TV를 우두커니 보고 있다. 앉아 있긴 해도 정신은 멍하게 서 있을 것 같은 표정이다. 지나친 감정이입일지 모르겠지만 지나치는 횟수가 거듭될수록 사장님의 정신은 조금씩 어딘가로 증발하고 있는 것처럼 보였다. 게이지가 있다면 눈에 띄게 표가 날 수치였을 것이다.

어느 날은 부인으로 보이는 비슷한 또래의 여자분이 같이 앉아 있었다. 아무 말 없이 마주 앉아 서로 등진 벽을 바라보고 있었다. 얼굴은 많이 어두워 보였고 앞으로도 밝아질 기미는 보이지 않았다.

이런 걸 기대하지 않았으리라. 오픈 전에는 주변과 다른 색다른 식당을 여는 기대감과 희망이 저들 사이에 가득했을지도 모른다. 그 희망을 어딘가에 적어가며 그들은 아마도 밝은 미래를 꿈꾸었을 것이다. 어쩌면 나이를 거스른 본인들의 선택을 한껏 칭찬했을지도 모를 일이다. 하지만 이제는 그 미래가 식당 안의 무거운 공기만큼이나 가라앉아 시들어가는 식재료처럼 느껴지지 않을는지, 내 산책 코스의 이웃들이 걱정이 되었다.

내 앞가림이 시급한 이가 남 걱정한다고 벌써부터 양심이 오작동하는 소리가 들렸지만 어제는 산책 중간에 매상을 올려주려 가게 안으로 들어갔다.

가게는 후덥지근했다. 아마도 사람이 없으니 쾌적한 온도 같은 건 신경 쓸 생각도 못 했을 것이다. 여자분이 일어나더니 반갑게 맞으려 했다. 하지만 한눈에 알 수 있었다. 그런 일에 익숙하지 않음을. 여자분은 끊어질 듯 이어지는 자신감이 결여된 설명을 곁들여 가게에서 무엇을 먹을 수 있는지 알려주려 애썼다.

큰아이가 좋아할 곱창볶음과 순대를 사서 계산을 했다. 역시나 윗줄에 하나만 적혀 있는 20칸짜리 방명록이 많은 걸 이야기하는 듯했다.

"장사 잘 되세요?"

불현듯 물어보았지만 아주머니는 복잡한 웃음으로 대신했다. 자주 들르겠다는 말로 괜한 질문에 대해 속죄하고 가게를 나왔다. 아주머니의 잘 가라는 인사조차 어색하게 들렸다. 그

인사가 생동감이 있었다면 내 산책길이 조금 더 밝아졌을까.

당연 내 산책길까지 뻗어갈 필요가 무에 있으랴. 아주머니의 가게만이라도 밝아지면 좋을 테니.

주변의 허름한 가게들이 모두 무거운 사연으로 둘러싸여 있는 것 같다. 그 가게의 근황이 남일 같지 않다.

# 겸손해진
# 나의 재주 ___

미술 선생님의 별명은 '사이코'였다. 때론 '닭대가리'이기도 했다. 다른 반, 다른 학년 사이에서는 또 다른 이름으로 불리기도 했을 것이다. 예술을 빙자한 그의 기이한 행동은 무수한 별명을 양산했으며 결코 아름답다고 할 수 없었다.

선생님은 미술 시간에 점토를 가지고 오라고 했다. 아무거나 만들라고. 아이들은 조롱조로 선생님의 별명을 암시하는 동물을 만들거나(금세 교실은 어느 시골 마을의 농가로 변했다) 입시를 앞둔 소년기의 암울한 마음을 대변하는 대변 같은 형상을 마구 쏟아내기도 했다.

나는 마두를 만들었다. 손가는 대로 주물럭거렸더니 어느새 아이들이 내 주변으로 모여들었다. 순간 내가 일을 저지르고 있다는 사실을 깨달았다. 그렇게 완성된 말은 흙덩이에서 깨어나게 해줘서 고맙다는 듯이 나를 바라봤고 아이들도 경이로운 눈빛으로 나를 바라봤다.

"너 같은 놈이 미술대학에 가야 하는데……"라는 선생님의 말 한마디는 그대로 폭죽이었다. 고등학교 때 내가 미술을 시작한 계기였다. 물론 60퍼센트의 사실과 30퍼센트의 판타지와 10퍼센트의 왜곡된 기억이 버무려낸 일화다.

그렇게 미술대학에 갔지만 내 재주는 명함도 내밀기 어려웠다. 내가 만든 말이 회전목마였다면 같은 과의 재능 있는 선배가 만든 말은 갈기를 펄럭이는 야생마였다. 그 야생마를 보자, 내게 고맙다고 이야기한 듯한 나의 마두는 어느새 마음속에서 자취도 없이 사라져 버렸다. 부끄러웠던 것이다.

졸업한 지 15년 만에 그 선배 형을 만났다. 시간은 그저 흘러가는 것이 아닌가 보다. 하루하루가 형의 몸과 얼굴에 살이 되어 붙어 있었다. 야윈 고학생 같던 모습이 어느새 후덕해졌다. 동기 녀석의 전시에서 만나 내가 예전의 알던 사람이라는 사실을 깨닫기까지 약간의 시간이 필요했다.

졸업 후 영화판에 뛰어든 선배는 여러 우여곡절을 겪었다. 워낙 재주가 많아 CF의 콘티도 짰고 제법 많은 돈을 벌었다. 그 돈을 몽땅 영화에 쏟아부어 단편 영화를 만들기도 했다.

당연히 국내외 여러 영화제에서 주목을 받았다. 하지만 거기까지였다. 더 앞으로 나아갈 수 없었다. 출렁이는 파도 위의 작은 배처럼 영화 제작은 수없이 엎어졌고 함께 영화를 만들던 친구는 극단적인 선택을 하기도 했다. 운이 9할이라는 영화판에서 행운은 선배의 편이 아니었다.

선배가 다시 흙을 만지기 시작했다. 김명민이 주인공이었던 드라마 〈불멸의 영웅 이순신〉에서, 미니어처를 만들던 실력이 다시 살아나고 있었다. 작품 하나하나에 생명력이 넘쳤다. 정말 좋아하는 일을 하고 있으니 세상 근심 모른다는 형의 얼굴에서 진심이 느껴졌다. 잃어버렸던 자신을 다시 찾은 느낌이라고.

물론 영화에서 콜이 오면 언제든지 달려갈 준비도 되어 있다. 영화는 자기 삶의 엔진 같은 것이라고 한다. 잠시 꺼져 있지만 다시 불붙기를 기다리는.

그전까지 형은 무음의 글라이더로 저공비행을 하는 중이다. 다 잘 되었으면 좋겠다. 정말 좋겠다.

# 여행 작가의
## 쇼맨십 ___

여행책을 만들면서 많은 작가를 만났다. 운이 좋았다. 몇몇만 빼면 모두가 훌륭한 재능과 성실함을 갖춘 작가였다. 그중에 인상적인 작가 한 분을 소개할까 한다.

지금은 모 방송국에서 중요한 역할을 하고 있는 분이다. 처음 여행서 만드는 일을 시작했을 때, 대학생 신분으로 여행책을 내고 싶다며 나를 찾아왔다. 예의바르게 자란 청년 같아 보였고 책에 대한 열의가 대단했다. 머리가 레게 스타일이었는데, 내 선입견은 그런 머리는 사람 가리지 않고 자유분방하게 "왓스업 맨"을 남발할 것 같았지만, 외형만 그렇지 동양적 예의가 갖춰진 청년이었다.

알고 보니 예전에 여행서를 낸 적까지 있었다. 물론 소형 출판사에서 낸 책이라 그리 알려지지는 않았다. 이번에는 남미를 다녀왔다며 깊은 의미가 있지만 한편으로 발랄하고 유쾌한, 진하고도 달달한 아이스커피 같은 여행서를 내고 싶다고 의지를 밝혔다. 원고를 읽어보니 나쁘지 않았다. 글도 잘 썼다. 젊은이 특유의 재치가 문장에 녹아 있었다.

책을 내는 과정은 즐거웠다. 청년과 나는 세상에 없는 발랄한 책을 만들자고 의기투합했다. 물론 과정이 즐겁다고 쉽게 책이 나오는 건 아니다. 많은 책과 마찬가지로 크나큰 산고의 고통을 겪고 책이 나왔다.

당시 청년은 인디밴드의 보컬로도 활동하고 있어 팬 층이 있었다. 책이 나오자 그들을 대상으로 '게릴라 사인회'를 하고 싶다고 했다.

초짜 편집자라 앞뒤 가리지 않고 청년의 아이디어대로 모 대형 서점에서 게릴라 사인회를 했다. 서점 측과 협의를 해야 한다는 사실도 몰랐다. 그저 이런 기가 막힌 이벤트는 서점도 좋아할 거라 막연히 생각했지만 결과는 좋지 않았다.

우선 회사 마케터와 협의를 했지만, 마케터도 무명작가와 초짜 편집자의 첫 책이라 대수롭게 생각하지 않았는지, 서점에 책을 많이 깔아놓지 않았다. 여기저기 인터넷의 공지를 보고 게릴라 사인회에 몰려온 이들은 대략 20명 정도였다. 하지만 서점에는 책이 5부밖에 없었다. 15명 정도의 사람들이 책을 사지 못하고 우왕좌왕하고 있었다. 더구나 매대 근처에서 사인을 해주겠다고 우두커니 서 있는 청년 앞에 매대의 담당자가 다가와 큰소리로 훈계를 했다.

급기야는 지점장이 나타나 상황을 파악하고 있었다. 사전에 협의하지 않은 내 잘못이 커 할 말이 없었다. 자초지종을 이야기하고 양해를 구할 수밖에 없었다. 다행히 대형 서점의 지점장답게 너그럽게 이해를 해주었다. 결과적으로 그날은 큰 수익 없이 힘만 뺀 날이었지만, 몰려드는 팬으로 책의 가능성을 확인한 서점에서 정식 사인회를 열자고 제안까지 했다. 예기치 않은 성과라면 성과였다.

정식 사인회에는 사람들이 족히 100명 넘게 왔다. 그런데 사인회 시간이 되었는데, 정작 작가는 나타나지 않았다. 사람들이 행사장에 긴 줄을 만들어 멋모르고 지나가는 이들도 호기심을 드러낼 정도였지만, 작가는 시작 시간에서 20분이 지났는데도 모습을 드러내지 않았다. 후에 안 사실이지만, 작가의 전략이었다. 서점 방문객들이 긴 줄을 보게 하려는 의도였다. 식은땀이 흘렀다. 작가의 의도는 알아차렸지만, 또 서점 측에 폐를 끼치는 것이 아닌가 하고.

그렇게 애를 태우고 있는데, 작가가 행사장 저 멀리서 다가오고 있었다. 정확히 이야기하자면 노란 소 탈을 뒤집어쓴 작가인 듯한 사람의 형상이었다. 젊은 여성 팬이 많았던 터라, 작가가 기괴하고 귀여운 형상으로 나타나자 행사장은 아이돌의 무대를 방불케 했다. 결론적으로 그날 사인회는 대성공이었다.

나라면 좀처럼 부끄러워서 하지 못할 일들을 하는 사람들이 있다. 아직 대학생으로 나보다 한참 어린 나이지만, 그날 작가가 그랬다. 과감하게, 쇼맨십을 발휘하며 자신의 존재를 각인시켰다. 작가는 그 후로도 내가 보기에 여러 '기행'을 드러냈다. 전략적이면서도 우연 같은.

그는 아마도 "미친 사람 소리를 들어야 성공한다"는 누군가의 가르침을 오늘도 충실히 수행하고 있을 것 같다.

# 사장님은
# 우사인 볼트 ___

자신과 상관없을 것 같은 일들이 종종 일어난다. 대형 재난을 이야기하는 것은 아니다. 사소한 해프닝이었지만 언젠가는 큰일도 일어날 수 있겠다는 생각을 했다.

속초 여행 중에 중앙시장 근처의 식당에 갔다. 강원도 전통 음식을 파는 곳이었는데 작은 규모였지만 아침 이른 시간이었는데도 제법 사람들이 붐볐다. 문 앞에 신발을 잃어버려도 책임질 수 없다는, 책임지지 않겠다는 경고의 문구가 부적처럼 붙어 있었다. 신발을 벗는 식당에서는 흔하게 볼 수 있는 것이다.

언제나 대수롭지 않게 여겼지만 그 대수롭지 않은 일이 그날 우리 가족에게 일어났다. 계산을 마치고 밖으로 나오는데 큰아이 신발이 보이지 않았다. 마술처럼 신발장에서 사라진 것이다. 수백만 원에 달하는 '조던농구화'는 아니지만 생일 선물로 받은 거라 각별하게 여기던 터였다.

　이런 어이없는 일이 내게 일어나다니(확률적으로 순서가 된 것인가). 큰아이가 급기야 울음을 터뜨렸다. 신발이 아니라 더한 것을 잃어버린 것처럼 통곡했다. 어린아이와 신발의 관계를 심리학적으로 돌아보게 될 울음이었다.

식당의 사장님과 그 어머니로 보이는 할머니는 이 사태에 대해 각기 다른 반응을 보였다. 인상이 부드럽다 말할 수 없는 할머니는 카운터에 앉아 자신과 전혀 상관없다는 듯이 말했다. 누군가 바꿔 신고 갔을 테니 빨리 나가 찾아보라고. 반면에 사장님은 자신의 일처럼 걱정해 줬다.

　사탕을 쥐어주며 우는 아이를 달래줬고 CCTV부터 돌려보자며 우리를 모니터 앞으로 데려갔다. 한 아주머니가 함께 온 지인들과 대화 삼매경에 빠져 신발을 들고나가는 게 보였다. 의도가 아니라 단순한 실수 같았다. 손은 손대로 눈은 눈대로 각기 다른 일을 하고 있었으니.

　사장님은 손님이 밀려드는 바쁜 와중에도 밖으로 달려 나갔다. 중앙시장에 오는 손님들의 행동 패턴을 아는 눈치였다. 신기하게도 10분 만에 신발을 바꿔 신고 간 분의 가족 중 한

명과 함께 식당으로 돌아왔다. 토끼 같은 하얀 신발 두 쪽을 손에 든 채였다. 나이 많으신 어머니 신발과 헷갈렸다는 것이다.

"우리 아이 발이 커서 신발이 어른 치수긴 하지만 헷갈릴 게 따로 있지 않나요?"라고 마음속으로 크게 따진 후에 아무튼 찾게 돼서 다행이라고 사람 좋은 얼굴로 응대했다.

사장님은 100미터를 11초 플랫에 끊은 선수처럼 숨을 몰아쉬고 있었다. 고마웠다. 식당 주인의 의무와 책임이 어디까지인지 모르지만 그 성실한 대응에 감사한 마음이 들었다.

무심하게 지나치던 경고가 실제의 일로 일어나는 순간, 그 주인공이 내가 될 수도 있다. 이번에는 신발 한 켤레였지만 다음에는 무엇이 될지 알 수 없다. '안전벨트를 꼭 매주세요'라는 문구를 후회와 함께 상기하게 될 순간이 남에게만 일어나리라 누가 장담할 수 있을까.

금방 잊게 될 별거 아닌 일이었지만 각종 경고가 살아 있는 것처럼 보인 날이었다.

# 초라한
# 승리감    ___

지금 사용하는 카메라 기종은 일본 메이저 사의 양대 기종 중
하나다. '뽐뿌질'이 한창이던 5년 전에 구입했다. 중고차 한
대 값의 거금을 들였지만 최근 중고나라에 형성된 시세는 그
저 그런 차의 범퍼 교체 비용이나 될까 싶다. 그사이 신상들
이 어마어마하게 쏟아졌다는 이야기다.

카메라는 몇 사람이 들어가 동시에 발을 구르면 흔들린다는
그 전설의 T마트에서 샀다. 좋지 않은 소문을 많이 들었지만
요즘 같은 세상에 별일이야 있을까 싶어 사전조사 없이 눈에
띄는 가게에 들어갔다. 인상 좋아 보이는 젊은 사장이 운영하
는 곳이었다. 서비스로 주는 몇 가지 부속품들을 챙기고 호기
롭게 현금으로 계산했다. 집으로 돌아와 희귀한 생명체라도

다루듯 조심스럽게 개봉을 했다.

그런데 몇 장 찍고 나자 녀석이 정상이 아니었다. 문제는 그립 부분의 이격감이 컸다. 카메라를 쥘 때마다 덜컥덜컥 소리가 날 정도였다. 내가 산 기종이 모두 조금씩 그런 부분이 있는지 인터넷에서는 복불복이라 자위하고 있었다.

하지만 내가 산 제품은 그 정도가 심했다. 도로 찾아간 가게 주인은 이상이 없다는 입장이었다. 그의 표정은 카메라를 사기 전에 보여주었던 상업적인 친절함을 싹 거둬낸 뒤였다. 게다가 이미 몇 장을 찍어 중고품이 되어 환불이 불가능하다는 말 같지도 않은 말을 내뱉고 있었다. 순간 벤츠를 골프채로 부수는 동영상 속의 인물로 빙의되는 걸 억지로 참았다.

할 말은 많았지만 워낙 선천적으로 싸움을 싫어해 해결 방안을 제시해 달라고 조용히 이야기했다. 그러자 가게 주인은 본사에서나 교환이 가능할 것 같다고 말했다. 본사는 일본에 있으니 한국의 본사 역할을 하고 있는 지점으로 가보라고도 했다.

순서는 하자가 있는 물건을 판 사람이 돈을 돌려주고 유통업자 스스로 본사를 찾아가는 게 맞았지만, 그렇게 만들기 위해서는 유통에 관한 법률을 섞은 고성이 오가야 할 판이었다. 하지만 더 이상의 말싸움을 원하지 않아 택시를 잡아타고 그

지점으로 갔다.

거기서도 문제가 없다는 투였다. 정 원하면 카메라를 분해했
다 조립해 주겠다고 이야기했다. 산 지 2시간도 안 된 수백만
원짜리 카메라를 분해하겠다니, 당시 심정으로는 내 배를 갈
랐다가 붙여보겠다는 말보다 심하게 들렸다. 지점장 비슷한
사람이 나오더니 교환이나 환불이 불가능하다는 게 공식입장
이라고, 전혀 공식입장 같지 않게 이야기했다. 그는 카메라를
구입한 가게의 젊은 사장과 묘한 구석에서 닮아 있었다.

　아무튼 일이십만 원짜리도 아니고, 나도 그대로 쓸 수 없
다고 버텼다. 분해해서 조립해 주겠다고 하는 것을 보면 내가
생떼를 쓰는 블랙컨슈머는 아닌 것이다. 그리고 그곳에 들르
기 전 근처의 수리센터에서도 다른 제품보다 이격감이 크다
는 것을 인정했다. 급기야 여기서 교환이 안 되면 일본 본사
에까지 찾아가겠다고 말했다.

　한 시간 정도 더 티격태격하고 있자, 조금 전에 지점장처
럼 생긴 사람이 다시 나왔다. 그러고는 나를 작은 회의실 같
은 곳으로 데려갔다. 이번 한 번에 한해 교환해 줄 테니, 어디
가서 입 밖에 내지 말라고 당부했다. 일본 본사까지 찾아가겠
다는 말이 어떤 영향을 미쳤는지, 그는 조금 친절하기까지 했

다. 눈과 입에 웃는 모양을 급하게 문방구에서 사다 붙인 것처럼 어색하긴 했지만, 나름 노력을 기울이고 있는 듯했다. 단, 새 물건은 일본에서 오려면 2주 정도 기다려야 한다는 것이었다.

무엇이 그의 마음을 돌렸는지 지금도 알 수 없다. 당시 나는 작은 성취감에 취해 모두 오케이하고 말았다. 그냥 포기하고 가버릴까 하고 있던 차에 받은 제안이라서 아기를 갈라주겠다는 판결을 받은 친어머니 같은 기분에 빠졌다. 카메라를 분해하지만 않는다면 모든 것이 오케이다.

하지만 그 승리감은 오래가지 못했다. 소비자로서 당연히 받아야 할 권리를 이처럼 어렵게 얻어냈다는 사실에 불쾌해지기 시작했다. 또 그 권리를 얻기 위해 소비한 기회비용을 보상받을 길도 없었다. 앞으로도 이 사회에서 그 권리를 제대로 챙기려면 얼마나 많은 걸림돌을 넘어야 할 것인가 생각하니 한없이 씁쓸해졌다.

작은 승리감이란 게 따지고 보면 얼마나 초라한 것이던가. 오래전의 일이니 지금은 많이 좋아졌을까.

# 좀
# 아플 거예요 ___

어금니 하나를 뽑았다. 아마도 40년은 내 입속에 들어 있었을 녀석이다.

"좀 아플 거예요."

머리가 희끗한 의사가 말했지만 뽑는 줄도 몰랐다. 다 됐다며 일어나라고 했을 때 속았다는 생각도 들었지만 어딘가 허전했다. 아무런 망설임도 없이 빠져버린 이에게 서운한 감정마저 생길 뻔했다.

뽑은 이를 보지도 못하고 발치 후의 주의사항을 듣고 병원을 나왔다. 마스크를 쓴 간호사는 홍콩 영화배우 같은 큰 두 눈을 똑바로 뜨고 조근조근 설명을 해줬다. 물론 귀를 뽑았나 착각이 들 정도로 설명이 잘 들어오지 않았다.

"솜을 두 시간은 물고 계셔야 해요."

어기면 안 될 것 같은 단호한 말투였다. 역시 한 시간 있다 솜을 빼버렸더니 피가 줄줄 흘러나왔다. 의사는 임플란트를 권했다. 가격을 들었을 때 그만 입이 쩍 벌어졌다. 중고 소형차를 살 수 있는 금액이었다. 발치와 더불어 턱까지 빠지게 생겼다. 잽싸게 그 안에 차 한 대가 박히려고 한다.

턱을 다시 정교하게 제자리로 돌려놓고, 호흡을 가다듬은 다음 임플란트 비용을 알아봤다. 큰 차이가 없다. 싸게 하는 것보다 제대로 하는 게 중요하다는 주장이 눈에 들어온다. 잘못하면 두 번, 세 번 할 수 있다며. 더구나 상태가 안 좋은 윗니 몇 개가 박쥐처럼 날아갈 날을 기다리고 있는 중이니.


아마도 몇 번의 심사숙고와 서너 번의 망설임 끝에 임플란트는 내 잇몸 속으로 힘들게 들어오겠지만, 통장의 돈은 순식간에 빠져나가 의사의 통장으로 이빨처럼 식립植立될 것이다.

그 지난한 과정과 순간적인 속도를 비교하자면 교환이 부당한 것처럼 보일 테지만 그건 순전히 내 입장일 뿐이다. 임플란트 비용에 대해 관련 종사자들은 또 할 말이 얼마나 많을 것인가.

여기서도 나의 정의는 우리의 정의가 되지 못한다. 언뜻 그건 네 개인의 생각일 뿐, 이라고 누군가 말하는 환영이 스

친다. 아마도 마취약 때문이겠지.

완연한 봄날에 방금 링 위에서 내려온, 아니 올라가야 할 것 같은 기분이다.

# 식스팩
## 만들기 ___

어느 때부터인가 일요일에는 산을 찾는다. 집 근처에 아차산이 있어 좋다. 고구려정까지만 올라도, 여름에는 아침에도 땀에 흠뻑 젖을 정도다. 거기서 대성암까지 더 올라가면 일주일치의 운동을 다 한 뿌듯함이 찬다. 좀처럼 들어가지 않는 배도 살짝 긴장하고 주눅이 든 느낌이다.

"배 좀 집어넣어요!"

얼마 전에 친한 지인이 만나자마자 농담조로 건넸다.

"미안해, 배를 넣으면 등이 나와서!"

나도 농담조로 되받았지만, 아, 이래서는 안 되겠다, 라는 생각이 머리를 스쳤다. 내가 봐도 도를 넘은 것이다. 그 후로 기필코 배에 식스팩을 만들고 말겠다는 집념으로 등산을 시작했다. 물론 등산을 한다고 해서 식스팩이 저절로 생기지는 않는다. 말하자면 불어난 배에 터를 잡는 작업이다. 땅을 고르게 만든 다음 정성스럽게 구획을 나눠야지, 라고 생각했다.

그리고 누구나 예상할 수 있는 윗몸일으키기를 했다. 하루에 30개씩 열심히 하다 보니 한 달 정도가 지나자 흐릿한 라인이 생긴 것 같다. 얼핏 보면 뭔가에 쓸린 자국 같기도 했다. 사람에 따라서는 틀린 그림 찾듯이 신경을 곤두세우고 찾아도 보이지 않는다고 할 게 뻔하다. 뭐 나름 규칙적으로 하다 보니 영원히 생기지 않을 것 같은 라인들이 내 눈에는 드러나기 시작했다.

한 1년쯤 지나니 어느새 굴곡이 생기고 불빛 아래에 서면 제법 그림자도 졌다. 물론 아내는 아직도 잘 보이지 않는다고 주장한다. 식스팩 감별에 특화된 인공눈을 달아줘야 하나, 고민했지만 그럴 재력이 없으니 패스. 그 후로도 수년 동안 계속하고 있는데, 혼자서 식스팩을 만드는 일은 정말 쉽지 않다. 4팩 정도는 배에 자리를 잡아가는데, 나머지 2팩은 어디 할인마트에서라도 사 와야 할 것 같다.

오랫동안 진전이 없다 보니 모든 일은 식스팩 만들기와 같지 않은가 하는 생각도 든다. 큰돈을 쓰지 않고, 스승도 없이 어떤 능력을 혼자 기르려고 하다 보면 한계에 부딪히고 더 나아가지 못한다. 천재들은 그 벽을 깨부수겠지만, 나 같은 보통 사람들은 어림도 없다. 외국어가 그렇고, 글쓰기가 그렇고, 논리적으로 말하기가 그렇고, 골프도 그럴 것이다.

불룩한 배에 흐릿하게 선이 보여서 희열을 느끼고 열심히 해 보지만, 숙성기간이 모자란 빵처럼 어느 순간 정지된 듯 더 변하지 않는다. 그러다 결국은 실의에 빠지고 게을러지고 만다. 흐릿했던 선은 시간이 지날수록 오래전 기억처럼 희미해져 간다. 더 나이가 들면 배에 각진 모양을 만들겠다고 호기를 부렸던 기억조차 없을 것이다. 안타깝지만 그것으로 끝이다.

지금 내가 만들고 싶은 여러 가지 무형의 식스팩을 생각해 봤다. 외국어, 수영 등, 모든 것이 애매하다. 단단하고 완벽한 라인은 어디에도 없다. 모두 다 4팩이나 3팩 정도에서 멈춰 있다. 다시 둥글고 게으른 모양으로 회귀하지나 않으면 다행이다.

그중에도 가장 발전이 없는 게 마음의 식스팩이다. 그리스의 철학자 에픽테토스에 의하면 우리는 벌어진 일 자체보다는 그 해석 때문에 더 괴로워한다고 한다. 회사의 동료가 어느 날 아침 나를 호의적인 눈으로 쳐다보지 않았다고 해서 그가 나를 미워한다고 단정하는 것 같은 거다. 그날 동료는 일진이 좋지 않을 수도 있었을 테니까.

만사가 이런 식으로 나쁜 일에 과도하게 의미를 부여하다 보면 자신은 세상에 둘도 없는 멍청이고, 심지어는 최고의 악인이 되어버릴 수도 있다. 사실 자체와 다르게 우리는 자신의 마음이 만든 가상의 지옥에 살게 되는 것이다.

그렇다고 "맞아, 이렇게 생각하면 안 되지"라고 한다고 해서 머릿속에서 나쁜 생각이 단번에 사라지는 것은 아니다. 마음에도 식스팩이 필요한데, 꾸준한 단련을 통해서만 마음의 근육도 생기는 것이다. 물론 성인들의 말씀을 종합해 보자면.

나 자신, 마음에 모래주머니를 주렁주렁 매달고 매일 뛰게 하지만, 여전히 식스팩은커녕 흐릿하게 긁힌 자국도 보이지 않는다. 마음에 근육을 만들겠다는 것은 어쩌면 물에다 뚜렷한 선을 긋겠다는 것과 다르지 않은 것 같다. 그런 기적을 이뤄주는 에픽테토스의 '마인드 헬스클럽' 같은 게 있으면 바로 등록할 텐데.

# 혹부리 영감의
# 근래동화 ___

집 근처에 일식집이 하나 있다. 오픈한 지는 3년 정도 됐는데, 매일매일 손님들로 문전성시를 이룬다. 기본 웨이팅이 30분 정도 되는 것 같다. 지금까지 대여섯 번 들렀다. 사장이 누군지는 모르겠다. 젊은 사람 서너 명이 주방과 카운터에서 움직이는데, 아르바이트생들을 제외하면 전부 오너 같아 보인다.

아무튼 이 집의 장점은 맛이다(두 말하면 무엇하랴). 초밥의 밥알과 밥알이 묘하게 긴장을 유지하면서도 점력이 있다. 스시의 신선함을 소고기의 등급을 적용해 나눈다면 1++이상은 되는 것 같다. 게다가 서비스도 훌륭하다. 초밥 하나를 시켜도 우동과 메밀국수, 호두가 들어간 양갱을 내온다. 가격이 저렴한 편은 아니지만 계산을 하면서 한 번도 아깝다고 느낀 적이 없다.

그런데 얼마 전 그 옆에 일본식 가정식을 표방하며 새로운 가게가 들어섰다. 가려고 하던 식당이 줄이 길어 딱 한 번 먹어봤는데 이건 뭐 게임이 안 된다. 재료의 신선함은 말할 것도 없고 서비스도 그다지 볼 게 없다.

그럼에도 불구하고 옆 식당에 길게 늘어선 줄 때문에 오픈 초기에는 반사이익을 얻은 것 같다. 물론 그 점을 노렸을 것이다. 끊임없이 밀려오는 옆 가게의 손님 중 일부만 유치해도 수지가 맞는다는 계산이었을 테니(주인은 원래 근처에서 곰탕집을 하는 사람인데, 그 옆에 또 일식집을 차렸다).

그런 선입견을 갖는 와중에 가게의 수준이 형편없음을 알게 되자 그 식당의 주인을 좋게 봐줄 수가 없다. 주인의 경영에는 왠지 옆 마을의 사례를 듣고 도끼를 일부러 호수에 빠트리는 욕심 많은 나무꾼이나 혹부리영감 부류의 비뚤어진 마음 같은 것들이 어른거린다. 맛과 서비스를 생각하기 이전에 이익에 대한 강한 집착이 먼저 보이는 것이다.

물론 그런 집착 자체가 나쁜 것은 아니다. 하지만 결과적으로 모든 것을 실패로 몰아가고 있다. 종업원들의 표정은 수족관에서 모로 누운 물고기만큼이나 생기가 없어 보인다. 잘나가는 가게와 비교해 식재료부터 요리 기구까지 뭐하나 나은 것이 없지만 요리사와 종업원들은 그에 버금가는 성과를 강요받고 있을지도 모른다. 어딘가 손님을 대하는 가장된 호의가 그런 걸 말해주고 있다. 옆집 종업원들의 자연스러운 생기 같은 게 느껴지지 않는다.

디테일이 모든 것을 좌우하는 일식집에서 사장의 그릇된 마인드가 음식에서 얼마나 큰 차이를 만들지 뻔하다. 일하는 사람들의 자질과는 상관없이.

최소의 투자로 최고의 효과를 얻겠다는 자본주의의 거대한 집념이 로또적인 결과를 만들어 내고 선망의 대상이 되면서 제 자리에 있어야 할 많은 것들이 흐트러져 왔다. 거대 조직은 말할 것도 없고 동네 초밥집도 예외가 아니다. 단기간의 이익만을 좇느라 기본도 갖추지 못한 것들이 허다하다.

투기와 투자. 헛된 욕망과 합리적인 드림을 대변하는 것 같은 두 일식집을 스치며 출퇴근을 한다. 그곳을 지날 때마다 비싼 돈을 받고 파는 맛없는 요리는 범죄라는 생각을 지울 수 없다. 교환가치가 같지 않다는 것은 일종의 사기니까. 등치되지 않는 공백을 분위기나 '뷰'로 메우는 곳도 있지만 주택가에서 기대할 수 있는 것은 아니다.

집 근처에서 매일 판매부진이라는 혹이 커져만 가는 근래 동화를 보고 있다.

# 수종사의
# 침묵 ___

기회가 되면 종종 남양주의 수종사를 찾는다. 그런데 따지고 보니 안 좋은 일이 생길 때만 그곳에 갔다.

서른 살 무렵, 첫 직장을 그만둬야 할 때였다. 3년 정도 다녔는데, 나하고는 맞지 않았다. 심각하게 고민을 했던지 몸과 마음이 다 아팠다. 그래서 어느 날 하루 연차를 내고 무작정 수종사에 올라갔다. 사실 다른 곳에 면접을 보고 결과를 기다리던 때였다.

수종사에 가본 사람들은 알겠지만, 오르는 길이 만만치 않다. 물론 등산을 취미로 하는 이들에게는 그리 어려운 코스는 아니다. 하지만 서른 살 무렵의 나처럼, 운동이란 아프리카의 어느 부족처럼 특별한 인종들만 하는 행동이라고 믿는 사람들은 숨을 헉헉거리며 올라야 하는 쉽지 않은 길이다.

처음 갈 때는 업무 차 사진을 찍을 일이 있어 회사 차로 올랐다. 공용차다 보니 바퀴가 타는 냄새를 풍기며 산길을 올라도 그리 크게 신경 쓰지 않았다. 장비를 가지고 걸어갈 수는 없는 노릇이었다. 그 후, 수종사를 함께 갔다 온 차와 나의 관계는 눈에 띄게 소원해졌다. 때가 낀 바퀴에서 차의 감정이 고스란히 전해졌다.

수종사의 백미는 두물머리 풍경이다. 힘들게 올라가면 한강의 두 개의 물줄기가 만나는 장관이 나타난다. 처음 오는 사람들은 아, 이런 좋은 곳이 있구나, 라고 저절로 탄성을 지르기도 한다. 나도 그랬다. 그날은 운무까지 끼어 있어 운무 사이로 드문드문 연결된 두 물줄기는 내가 알 수 없는 거대한 생물의 부분처럼 보이기도 했다. 맑은 날은 맑은 날대로 비가 오면 비가 오는 대로, 두물머리는 여러 모습으로 다가온다.

면접 결과가 나오는 날이라서 그날 운무에 가려진 두물머리의 모습은 내 앞날 같기도 했다. 면접위원장으로 보이는 이의 표정은 애매했다. 어떤 대답에는 한껏 긍정적인 제스처를 취하다가도, 또 어떤 대답에는 한없이 부정적인 표정을 짓곤 했다. 마치 한 편의 팬터마임이 얼굴에서 재연되는 느낌이었다.

물론 내 감정 상태가 만든 허상이었는지도 모르겠다. 아무튼 면접을 마치고 나왔을 때, 좋은 느낌을 가지지는 못했다. 그러면서도 꼭 가고 싶었던 곳이라 일말의 기대감도 들었다. 면접장을 나올 때, 면접위원 중 한 명이 "뭐 나쁘지 않은데"라는 소리를 했던 것 같다. 어쩌면 내 기대가 만든 환청이었는지 모르겠지만.

그날 찜찜한 기대 속에서 수종사를 둘러봤다. 찻집에 가서 차도 한잔 마셨다. 차에게도 약간의 마취 기운이 있어 세상을 조금씩은 달리 보이게 한 것 같다. 그날 마신 차 기운은 내 몸속에서 마치 두물머리 강물처럼 유유히 흘러갔다. 시간이 지나자 비가 내렸는데 빗소리조차도, 뭐 나쁘지 않은데, 뭐 나쁘지 않은데, 를 반복했다.

수종사를 다 내려왔을 때 전화가 왔다. 기가 막힌 타이밍이었다. 아쉽지만 다음에 기회가 생기면 다시 보자는 전화였다. 그 예의 "본인의 능력과는 상관없이 회사의 사정으로"라며 담당자는 위로의 멘트를 아끼지 않았다. 기계적인 말은 아니라는 생각이 들었다. 정말 본인이 사장이라면 데려다 쓰고 싶다는 감정이 느껴지는 소리였다.

꼭 일하고 싶었던 곳이라 아쉬움이 컸다. 하지만 어쩌겠는

가. 인연이 아닌 것을. 산등성이에 자리한 수종사는 산 아래에서 잘 보이지 않는다. 위치에 따라 보이기도 하는데, 산 아래에 서면 설핏 모습을 드러낼 뿐이다.

그날 나무속에 숨은 절은 실의에 빠진 내게 어떤 위로도 전하지 않았다. 그저 말 없는 사물의 무뚝뚝한 모양새였다. 야속했지만 그래도 괜찮았다. 좋을 때나 나쁠 때나 절은 절의 모습이어야지, 절 중에 고약한 절이 있어 "내 그럴 줄 알았어", "어쩌냐" 라고 입을 놀리면 안 될 테니. 사물도 인간의 감정을 흉내낸다면 아, 우리는 얼마나 피곤한 인생을 살아야 하는가.

그날 나는 수종사를 떠나며 영화의 주인공처럼 많은 비를 맞았다.

# 세상에서
# 가장 행복한 직업 ___

일하다가 스트레스를 받으면 가끔 생각한다. 예전에 꿈꿨던 직업을.

아주 어렸을 때다. 부모님과 함께 친척 집에 간 적이 있다. 경상도 외진 곳이라 시외버스 정류장에 내리면 마을 근처까지 타고 갈 버스가 없었다. 유일한 교통수단은 정류장 근처에 대기 중인 택시였다.

지금처럼 택시 정류장이 별도로 있는 건 아니었다. 정류장 옆에 기사들의 숙소가 있어 그리로 가서 문을 두드리면 기사분들이 나오셨다. 고스톱 같은 유흥을 즐기다 나오시는 분도 있고, 자고 있다 옷을 주섬주섬 챙기며 손빗으로 머리를 빗고 나오시는 분도 있고, 술을 드신 게 아닐까 살짝 의심이 들 만한 낯빛으로 나오시는 분도 있었다.

마을까지 한 20분 정도 달렸던 것 같다. 결코 짧지 않은 거리다. 택시비가 어느 정도 나오는지 당시 어린 나이로는 알 수 없어도 택시를 탈 때마다 부모님의 낯빛이 약간 어두워진 것을 보면 적지 않은 금액이었을 것이다.

택시는 구불구불한 시골길을 지나기도 하고 양옆으로 논이 펼쳐진 대로변을 지나가기도 했다. 주로 밤에 택시를 탔는데, 당시 시골길에는 전봇대도 거의 없던 터라 주위는 택시의 헤드라이트 불빛밖에 보이지 않았다. 멀리서 산등성이의 실루엣이 우리가 컴컴한 우주로 날아가지 않고 지금 어느 시골길을 달리고 있다고 말해주었다.


가다 보면 간혹 손님이 늘어났다. 기사님이 아는 마을 사람을 만나는 것이다. 기사님은 당연하다는 듯이 마을 사람들을 태웠다. 마치 그들을 못 본 척 길에 놔두고 차를 몰고 가는 것은 큰 죄인 것 마냥.

나는 그 좁은 택시 안에 사람들이 들어차는 것을 좋아하지 않았다. 5인승에 7명 정도까지 탄 적도 있다. 그럴 때면 나는 아버지 무릎으로 옮겨갔는데, 불편하지 않을 수 없었다. 기사님은 아랑곳하지 않고 새로 태운 손님과 잡담을 주고받는다. 시시콜콜한 마을의 이야기가 화제에 오르면 뭐가 그리 즐거운지 껄껄껄, 웃으며 캄캄한 밤에도 농이 한가득이었다.

주로 아버지와 함께 친척 집에 갔는데, MBTI 검사를 받으셨다면 로마자 'I'가 분명할 아버지는 별로 말씀이 없으셨다. 손님을 추가로 태운 것을 어쩔 수 없이 받아들여야 하는 시골길의 인정이라고 여기신 것 같았다. 간간이 옆 마을, 뒷마을 소식을 묻고 계셨지만 딱히 궁금해서 물어보시는 것 같지는 않았다.

어느새 택시가 목적지에 도착해서 문을 열면 소나 닭도 우르르 쏟아져 나올 것 같은 분위기가 되곤 했다. 우리가 내리고 나서 친척 집까지 가는 소로를 따라 걸어가다 뒤를 돌아보면 기사 분은 담배 한 대를 물고, 길가에 쭈그려 앉아 길게 연기를 뿜어내고 있었다. 손님을 많이 태우고 온 날에는 나름 좋은 일을 했다는 듯한 뿌듯한 실루엣처럼 보였다.

어릴 적 담배 맛이 어떤 건지 알 수 없어도 불빛이 반짝거릴 때마다 나는 어렴풋이 나른하면서도, 보람이 조금 섞인 인생의 단면을 보고 있는 느낌이 들었다.

몇 차례 시골길을 택시로 달리고 나자 어릴 적 내 장래 희망은 택시기사가 되었다. 그것도 시골길의 택시기사. 도시처럼 번잡한 곳을 경쟁적으로 운전하지 않아도 되고, 꽤 여유로워 보였으니까. 그리고 마을 사람들을 위해 선한 일을 하고 있다는 자긍심을 가질 수도 있으니까.

물론 지금도 그 꿈을 버리지 않았다. 차를 몰아 돈을 번다는 것만 빼면, 소도시 한적한 여행길을 드라이브하는 것을 즐기는 것도 어쩌면 시골길 택시 운전과 비슷한 면이 있다. 어릴 적 내 마음속에 마을민에 대한 애정과 자부심을 장착한 시골길 택시운전사의 꿈은 논두렁 위 바퀴 자국만큼이나 깊숙이 남아 있다.

두고 온 마음을 보듬다

# 폐교
# 탐방

어머니가 사시는 광주 마을에는 폐교가 하나 있다. 어머니 댁에 아이들과 함께 놀러 가면 가끔 그 폐교에 들르곤 한다. 오래되고 낡은 것들에 대한 대책 없는 낭만과 사라져가는 것들에 대한 묘한 호기심이 발동하기 때문이다.

광주 마을에 있는 학교는 말 그대로 폐교다. 예전에 초등학교로 사용했을 법한데, 인적이 끊어져 잡초가 무성한 운동장과 예닐곱 개의 교실을 가진 낡은 교사校舍가 있다. 한 동으로 되어 있는 교사의 유리창은 군데군데 깨져 있고, 문은 굳게 잠겨 있다. 아마도 관리하는 이가 쇠사슬과 자물쇠를 문고리에 걸어둔 것 같다. 쇠사슬의 두께만으로도 여간해서는 돌아오지 않을 관리자의 의지가 느껴진다.

교실에서는 먼지의 입자들만이 주인인 양 떠다니고 있다. 익숙한 과목이 나열된 시간표도, 아이들이 흘리고 간 문구류도, 그 흔한 칠판의 낙서도 보이지 않는다. 교실은 마치 어떤 실험을 위해 텅 비워놓은 공간처럼 보인다.

잡풀이 우거진 운동장을 거닐다, 폐교가 되는 과정을 상상해 봤다.

어떤 이유에서인지, 인근 주민들이 도시로 떠나간다. 아이들의 숫자가 점점 줄어들고 그럴수록 주민들의 표정은 어두워진다. 학년별로 분반할 필요가 없어 아이들은 한 교실에 전부 모인다. 마지막 남은 선생은 열심히 풍금을 두드린다. 고학년들은 선생님의 역할을 대신하고 있다. 어른들은 모두 언젠가 문을 닫을 학교를 애처로운 환자처럼 바라본다.

어느 날 교육청으로부터 날아온 공문서 하나로, 마지막까지 남아 있던 선생은 주섬주섬 주변을 정리하고 아이들에게 그럴듯한 작별 인사를 생각한다. 대여섯 명 남은 아이들은 한겨울의 헐벗은 나무 같지만, 그뿐이다. 그들은 모두 어딘가로, 폐교가 될 기미가 보이지 않는 번듯한 학교를 찾아 떠나갈 것이다.

아이들이 사라진 학교에 겨울이 찾아온다. 그리고 아무도 반겨줄 이 없는 눈이 내린다. 벤치며, 철봉이며, 운동장에 수북이 흰 눈이 쌓인다. 이따금 생각난 듯 교육청의 관리 직원이 다녀가지만, 폐교의 모습으로 충실히 있는지 확인만 할 뿐이다. 아이들을 기다리는 수돗가며, 공을 기다리는 골대, 물이 뿌려지기를 기다리는 모래밭은 기다림을 멈추고 긴 동면에 든다. 봄이 온다고 해서 깰 일이 없는 기나긴 잠을 자는 것이다.

폐교에 다녀오면 시간이란 관념이 왠지 물리적인 실재보다 조금 더 흘러간 것 같은 느낌이 든다. 그곳은 침입자들에게 추억을 주다 못해 더 깊은 무언가를 소비하게 만든다. 문이 닫힌 이후로 남겨진 공기와 함께 그곳에 발을 들이는 모든 것들이 미세하게 부식되어 간다.

한여름, 매미 소리가 장악한 운동장에서 바라보는 낡은 교사는 내 안에서 사라져가는 무거운 기억들과 무척이나 닮았다. 어딘가 인생이 꼬여가는 먼 친척을 생각나게 한다.

# 상처가
# 말을 걸 때 ___

광주에 다녀왔다. 광주디자인비엔날레 관련 미팅 건이 있어 급하게 잡은 출장이었다. 광주는 내게 얼음 같은 도시다. 여전히 그날의 아픔이 도처에 녹지 않고 남아 있다. 많은 세월이 흘렀는데도 불구하고. 물론 예민한 자들만이 그 상처를 볼 수 있을 것이다. 누군가 아무 정보도 없이 지금 그곳에 간다면 광주는 여타의 도시들과 별다름 없이 빛나는 가을을 맞이하고 있을 테니.

일을 처리하고 광주역에서 늦은 밤 기차를 기다리고 있었다. 내 눈에 들어온 건 한 노인이었다. 그는 대합실에 앉아 도시락을 먹고 있었다. 편의점에서 사 왔을 것이 분명한 도시락을 대합실 가운데다 음료수병과 함께 펼쳐놓고 덜덜덜 떨리는 손으로 음식들을 입으로 가져갔다. 음식의 삼분의 일은 그의 입까지 도달하지 못하고 바닥으로 떨어졌다. 노인은 머리를 빡빡 밀어 이제 막 출소한 사람을 연상시키기도 했다. 옷은 말할 것도 없었다. 그렇다고 노숙자처럼 보이지는 않았다.

그 모습은 연민을 불러일으켰다. 그의 과거가 어떻든 간에, 그가 어떤 사람이건 간에, 늦은 시간 대합실에서 민머리를 한 채 불편하게 밥을 먹고 있는 노인의 모습을 아무런 감정의 동요 없이 볼 수 있는 사람은 없을 것이다. 물론 대합실의 사람들은 냄새가 번지는 그의 주변으로 가지 않았고, 대합실의 TV는 새로 시작한 예능 프로그램을 보여주고 있었다.

한 젊은이가 종이컵에 물을 가지고 노인 앞으로 다가왔다. 그도 머리를 밀었다. 아들인 듯싶었지만, 어렴풋이 들려오는 대화로 단정할 수 없었다. 노인 앞에 앉은 젊은이는 물끄러미 노인을 쳐다보고 있었다. 그저 친숙한 얼굴을 한 채 별다른 감정을 드러내지 않았다.

어떤 이유로 복지시설 같은 곳에서 함께 나온 사람들인지도 모르겠다. 사람들 사이에서 그들은 마치 상처 입은 짐승들처럼 보이기도 했지만, 어떤 것도 섣불리 추정할 수 없었다. 어쩌면 내 상상과는 달리 그들은 잠깐의 일탈을 경험하고 있는지도 모를 일이다.

광주가 아닌 다른 어딘가였다면 내 상상은 조금 더 밝은 쪽으로 향했을까. 도시가 가진 상처가 말을 걸지 않았다면. 노인과 젊은이는 기차를 탔는지 밥만 먹고 대합실을 떠났는지 알 길은 없다. 나는 플랫폼으로 내려와 그 도시를 떠나왔다.

늦은 밤 기차는 첨단의 속도로 달렸다. 어떤 것도 기차를 막을 수 없다는 듯이 맹렬하게 어둠을 갈랐다. 하지만 내 안의 잔상은 첨단의 속도로 멀어지지 않았다. 돌아가시기 몇 주 전 아버지의 식사가 떠올랐기 때문이다.

아버지는 그 노인처럼 손을 많이 떠셨다. 몸의 기운이 모두 빠져나간 탓이었을 것이다. 아버지가 대합실에서 그런 모습으로 있었다면 나는 어땠을까. 젊은이처럼 주위는 아랑곳하지 않고 아버지를 바라보며 따가운 시선을 견뎌낼 수 있었을까. 삶의 예기치 않은 풍파가 젊은이를 강하게 만들었을지 모르지만 나는 자신이 없다.

어쩌면 광주도 마찬가지다. 광주는 내게 역사의 도시일 뿐이다. 그 도시가 어떤 일을 겪었는지 내가 아는 것은 박제된 지식일 뿐이다. 그 당시 그곳에 있었다면 나는 어떤 행동을 취했을지 장담할 수 없다. 단순히 용기의 문제가 아니다. 저 마음 깊은 곳에 지식으로도 배우기 힘든, 인간애를 갖추지 못하는 한 예고된 죽음 앞에서 총을 드는 것은 고사하고 사람들의 눈총도 견디기 어려울 것이기 때문에.

기차가 수서역에 도착한 시각은 거의 자정이다. 기차에서 내린 사람들은 빠른 속도로 지하철역이나 택시 승강장으로 사라졌다. 분주한 사람들 속에서도 도시의 지평선을 가득 채운 노란 불빛은 어떤 날보다도 차갑게 느껴졌다. 나는 그날 오랫동안 택시를 기다렸다.

# 제발
# 잃어버리지 좀
# 말고

양구 박수근미술관을 다녀오면서 우산을 잃어버렸다. 동서울 터미널에서 차에 오를 때, 앞좌석 그물주머니에 우산을 꽂아 놓으며 설마 잊고 가진 않겠지 했는데, 양구에서 한참 일을 볼 때까지도 우산의 존재 따윈 생각하지 못하고 있었다.

　양구에서 동서울로 돌아오는 차를 기다리는데 빗줄기 하나가 머리를 때렸다. 아차, 하고 그때 우산을 허겁지겁 찾아 보았다. 당연히 우산은 어디에도 없었다. 우산에 눈이 있었다면 내가 차에서 내리는 모습을 얼마나 한심하게 쳐다봤을지.

고속버스 회사에 전화를 걸었다. 내가 타고 왔던 버스가 얼마 전에 동서울로 돌아왔는데, 우산 같은 건 없다는 것이다. 아마도 청소하는 아주머니들이 챙겼을지도 모르겠다고, 고속버스 회사의 직원은 대수롭지 않게 말했다. 빈말이라도 찾아보겠다고 할 줄 알았는데, 좀 어이가 없었다. 그렇다고 우산 때문에 언성을 높이고 싶지는 않았다. 회사의 창립기념품으로 받은 것이라, 제법 값이 나가고 디자인도 괜찮아서 아깝기는 했다. 아마 지금까지 잃어버린 우산을 모은다면 조그만 가게 하나는 차릴 텐데 그중에 가장 잘 보이는 진열대에 놓고 싶은 우산이다.

청소하는 분이 챙겼다면 절도 정도는 아니더라도 점유 이탈물 횡령 정도는 될 것이다. 따지고 싶었지만, 힘들게 일하시는 분에게 일어나는 그날 하루 행운 정도의 의미가 될 수 있도록 기부하기로 했다. 굳이 청소하는 분이 아니라 그 좌석에 앉은 누군가라 하더라도.

오늘도 이렇게 정신승리로 나를 다독인다. 이러다가 정신승리법에 관한 전문가가 될지도 모르겠다. 앞으로 몇 년 후에 각 상황별로 승리하는 법 따위를 기술하는 책을 쓰고 있을지도.


그나저나 박수근의 작품은 보면 볼수록 작가가 그렸다기보다는 어디 흙 속이나 돌 속에서 오랫동안 묻혀 있던 것들을 찾아낸 것 같다. 누군가 그 앞에서 "사랑이 제일 좋은 거야. 그게 안 되니까 그림 따위 그리고 있는 거지"라고 비아냥거린다 해도 그는 아랑곳하지 않고 발굴 작업을 할 것 같다.

물론 그의 작품에서도 짙은 그리움의 냄새가 난다. 그게 사랑인지 우산인지 모르겠다만 그도 무언가를 적지 않게 잃으며 살았나 보다.

# 사이렌,
# 나를
# 일깨우다 ___

처음 동대문에 왔을 때 특이했던 것은 반주기적으로 들려오는 앰뷸런스의 사이렌이었다. 그 소리는 이 거리의 '정체성' 같았다. 오후의 정적을 깨는 날카로운 소리에 나는 가끔씩 업무를 보다 말고 사무실인 7층에서 창문 밖을 내다보곤 했다. 앰뷸런스는 중앙선을 넘나들며 긴급하게 어디론가 가고 있거나 서울대병원을 향해 질주했다. 내가 오후를 나른하게 보내고 있는 사이 누군가 생과 사의 갈림길에 서 있었다.

한동안 하루에도 서너 번씩 회사 앞에서 들려오는 사이렌에 많은 생각이 들었다. 그 소리가 그처럼 절박하게 느껴진 적은 없었기 때문이다. 일면식도 없는 누군가의 삶과 죽음이 내 머릿속에서 교차했으며 앰뷸런스가 지나가고 난 거리의 공기는 이전보다 무겁게 느껴졌다.

회사는 10층 건물에 있다. 언덕 위에 있어 밑을 내려다보면 한 30층에서 조망하는 풍경과 비슷하다. 천천히 흐르는 교통의 흐름을 깨고 대학로 저 멀리서 달려오는 앰뷸런스는 느린 적혈구 사이에서 혈관을 빠르게 지나가는 강렬한 약물처럼 보인다. 그 모습은 처음 몇 달 내게 강한 인상을 남겼다.

하지만 시간이 지나자 감각은 무뎌지고 앰뷸런스를 봐도 더 이상 마음이 가라앉지 않았다. 수송되는 사람의 생과 사는 오로지 당사자와 지인들의 몫이었다. 나는 단지 그 차가 무수히 스치는 여러 사람 중 한 명일뿐. 앰뷸런스를 보고 어두운 감상을 보태건 그렇지 않건 그 누군가의 생사에는 일말의 영향도 끼치지 못할 것이다.


어찌 되었든 앰뷸런스는 이 거리의 명물처럼 오고 간다. 지난 주 금요일에도 앰뷸런스 두 대가 회사 앞을 지나갔다. 메트로놈의 한 주기처럼 오전에 한 대, 오후에 한 대. 앰뷸런스는 어느 때보다도 요란하게 사이렌을 울렸다. 이상하게도 주말이 다가올수록 그 소리는 크게 들려온다.

당연히 그 안에 어떤 사람들이 타고 있을지 짐작도 할 수 없다. 사고를 당한 젊은이인지, 병사가 임박한 어르신인지. 누군가에겐 그 길이 숨이 붙어 있을 때 지나가는 마지막 길이 될 것이었다. 서울대병원의 응급실로 들어가기 전 어쩌면 언덕 위의 10층 건물과 하늘은 누워 있는 이가 차창을 통해 마지막으로 보는 인상 짙은 풍경일지도 모른다. 하늘을 배경으로 공원 위에 서 있는 제법 커다란 흰색 건물이 많지는 않을 테니까.

동대문 주변의 하늘은 유난히 구름 하나 없이 파란 날이 많다. 사계절 내내 그런 날이 자주 펼쳐진다. 꺼져가는 생명에게 생에 대한 애착과 의지를 심어주리라 믿는다. 그 덕분에 몇 분은 조금이라도 늘어난 생을 살고 있을 것이다.

　어떤 상황을 바라보며 가능한 좋은 쪽으로 생각할 것. 아이러니하게도 이 거리에서 죽음을 예고하는 사이렌이 내게 들려주는 교훈이다.

# 가을은 스며들지만
# 겨울은
# 도래한다 ___

폭염이 끝나고 가을이 왔다. 요 며칠 하늘은 전형적인 스카이
블루가 가득하다. 특히나 동대문 주변은 구름 없는 날이 많아
출근길에 나는 자주 하늘을 본다. 그리고 파란색에 물든다.
사진을 취미로 하는 사람들에겐 더할 나위 없이 좋은 날들이
다. 어디를 찍어도 가을의 냄새가 고스란히 배어 나오니까.
도시의 유리창은 온통 새로운 계절을 만나고 있다.

그렇다고 여름이 완전히 끝난 것은 아니다. 뜨거웠던 날들
속에서 타버린 여름의 잔해는 소멸하지 않고 어딘가에서 조
금씩 고립되어 간다. 해변에 버려진 폭죽의 껍데기만이 여름
을 기억하진 않을 테니. 도시도 느리게 여름을 지우고 있다.

햇볕은 아직 뜨겁지만 바람은 찬 날들. 어느 편에 서야 할지

갈피를 잡지 못한 공기 속으로 가을의 전령들은 소리 없이 스며든다. 그리고 그들은 길가의 플라타너스가 수많은 잎을 포기하도록 종용할 것이다. 사람들이 지나가고 자전거도 지나가는 길 위로는 단단한 가을의 인증들이 떨어진다.

그렇게 자동차가 가득한 도로조차도 누군가에겐 쓸쓸해 보이는 계절이 온다. 우리는 헐벗은 나무를 보며 잊고 있던 사실을 또다시 깨닫는다. 시간은 절대 고장나지 않는다는 것을. 그리고 어김없이 침묵의 계절이 도래하고 있다는 사실을.

어쩌면 이상기후 때문일지도 모르겠다. 가을은 어이없게도 독립하지 못한 겨울의 속국처럼 지나간다. 앞서간 무수한 가을이 그랬다. 도시를 점령하듯이 눈이 내리면 하나의 계절이 완벽하게 사라진다. 가을의 시작은 스며들지만 그 끝은 문이 닫히는 순간과도 같다. 그리고 겨울은 폭력처럼 다가온다. 늘 그랬던 것처럼 누군가에겐 혹독하게.

# 아주
# 먼 여행을
# 떠난 사람 ___

그의 부고를 들었을 때 나는 노천카페에 앉아 있었다. 휴가를 낸 날이라 브런치로 햄샌드위치와 우유 한 잔을 마시려던 참이었다.

햇살은 올해 들어 가장 화창했다고 이야기할 수 있을 정도로 눈부셨다. 누군가 태어난다면 축복이라 할 수 있을 정도로 좋은 날, 그는 영원히 이 세상을 떠났다. 지상에서 사는 동안 익숙한 것들과 제대로 작별을 고했는지 짧은 부고 문자에서는 짐작도 할 수 없었다. 그동안 가장 역할을 한 아내와 세 명의 자녀가 남아 있다는 것 외에 그에 대해 아는 것이 별로 없었다. 큰아이가 이제 중학교를 갓 들어갔다고 들었다.

혹독한 겨울을 지났을 채소 같은 아이들이 그려졌다. 췌장암으로 3년 정도를 고생한 아버지를 여읜 아이들이 인식할 죽음에 대해. 날이 눈부신 만큼 아이들의 마음은 더 깊게 어두워질 것만 같았다.

상가에서 보고 싶지 않은 풍경 중 하나가 어린 상주의 모습이다. 하나가 아니라 셋이라서 그나마 위안이 될까. 아마도 막내는 죽음의 의미를 알지 못할 것이 분명했다. 사진으로만 보이는 아버지. 한없이 측은하게 쳐다보는 지인들. 갑자기 모여 울음을 터뜨리는 친척들. 이 모든 것이 어리둥절한 상황일 뿐이다.

나이가 들며 서서히 흐릿한 퍼즐이 저절로 맞춰지듯 그날의 불가해한 상황들이 마음속에 하나의 개념으로 자리 잡아 갈 것이다. 그날 아버지가 돌아가셨다는 것.

그와 깊은 인연은 없었지만 아이들을 생각하자 마음속에서 긴 눈물이 흘렀다. 차라리 흐린 날이었고 비라도 퍼부었으면 좋았을 거라고 생각했다. 하지만 카페 앞 인근은 생기발랄하게 살아 있는 사람들로 북적거렸다.

죽음은 판타지일 뿐이고 이곳에는 영원히 당도할 리 없는 먼 곳의 불온한 관념일 뿐이었다.

# 돌도
## 최선을 다하지 않는 ___

왜목마을에 다녀왔다. 회사에서 잡지를 보다가 우연히 발견한 곳이었다. 동해 마니아다 보니 서해 쪽으로는 별로 갈 기회가 없다. 당연히 왜목마을이라는 곳이 있는지 알지 못했다. 사진 속에는 바닷가에 은빛으로 빛나는 새 조형물이 목을 길게 빼고 있다. 우아, 하는 탄성이 절로 나올 만한 곳은 아니지만, 왠지 한번 들러보고 싶은 마음이 들었다. 새는 땅에 묻혀 어딘가 애처로운 지향점을 향해 날기를 원하는 자세였다. 그곳이 어딘지 확인하고 싶었다.

왜목마을에 도착했을 때, 노랫소리가 들려왔다. 주차장 인근에 풍물시장이 있었고, 천막에서는 가수가 한창 흥을 돋웠다. 점심나절부터 거나하게 취한 마을 어르신과 아이들이 장단에 맞춰 몸을 흔든다. 출렁출렁 마치 물의 흐름 같은 추임새다. 마실 나온 개도 장단을 아는지 신나게 꼬리를 흔들었다. 흥겨움이란 동물에게도 전염되는 게 분명하다.

　비수기라 그런지 바닷가는 한적했다. 연인들이 지나갔고, 유원지에서 항상 그렇듯 아이들은 달리고 있다. 하늘의 새는 바다에 박혀 있는 거대한 새 형상 따위는 아랑곳하지 않고 하늘을 난다. 한 번쯤 자신들과 비슷한 모양에 신기해할 법한데, 큰 관심이 없는 날갯짓이다. 바닷가의 여느 새들처럼 도무지 이유를 알 수 없는 방향으로 이리저리 하늘을 갈랐을 뿐이다.


모래사장에는 여기저기 낙서가 한가득이다. 하트와 연인의 이름들, 무슨 형상인지 알 수 없는 아이들의 그림, 새의 발자국이 어우러져 난장이 따로 없다. 곧 파도가 몰려와 모두 지워버릴 그림이지만, 어지러운 존재감은 바스키아의 그림 못지않다. 날개가 있었다면 모두 파도를 피해 날아갔을 것이다. 모래 위 그림에도 그런 생명력이 가득하다.

　함께 간 우리 아이들은 바다를 향해 돌을 던져본다. 강에서도 물수제비는 쉽지 않은데, 파도가 치는 바다에서는 어림도 없다. 돌은 성능 좋은 잠수함이라도 된 듯이 물속을 향해 빠르게 가라앉는다. 나도 잘 생긴 돌을 고른다. 순간 집에 가져가고 싶다는 생각을 버리고 이내 하늘을 향해 던져본다. 이상하게 힘없이 바다에 떨어지고 만다. 날고 싶어도 날지 못하는 왜목마을에서는 돌도 최선을 다하지 않는다.

왜목마을은 일출과 일몰을 모두 감상할 수 있는 특이한 지형이다. 서해에서도 동해 같은 바다를 만날 수 있다. 성수기에 이 조그만 해변마을을 관광객으로 들끓게 하는 힘이다. 하지만 비수기가 오면 마을의 숙박업소들은 조용하다. 나는 그 조용함을 또 하나의 힘이라고 생각한다. 모든 잎을 떨군 나무처럼 조용한 바다, 근사하지 않은가.

비수기의 숙박업소도 내시경을 끝낸 위장 같은 모양새다. 그래도 이내 적막함이란 녀석이 들어차곤 한다. 녀석도 숙박계를 쓸지는 모르겠다. 표정을 봐서는 쉽사리 바닷가 모텔을 떠나지 않을 것 같다.

아이들과 함께 해변 식당에 가서 칼국수를 먹었다. 여러 형태의 조개가 들어 있는 칼국수였다. 마치 바닷물을 그대로 퍼다 끓인 것처럼 국물은 시원했다. 바닷가에서는 시장이 반찬이 아니라, 해변 '뷰'가 반찬이다. 맛의 세계는 입속에서 수평선처럼 너르게 펼쳐진다. 그 속을 아밀라아제가 헤엄친다.

대부분의 바닷가 여행이 그런 것처럼 우리는 어두워진 바다를 떠났다. 일몰이 주변의 모든 빛을 데리고 수평선 뒤로 잠적한 뒤였다. 우리를 쫓던 골목의 개가 컹컹거렸고, 밤바다는 추억이 가득한 서적처럼 펄럭였다.

# 세 마리 소와
# 함께한 여정 ___

아버지가 암 판정을 받기 전, 어머니가 예전에 누군가 덕을 봤다던 소골을 약으로 해드리고 싶다고 하셨다. 말도 안 되는 이야기 같지만 당시 아흔을 바라보셨던 부모님은 인생의 반쯤을 신화의 세계로 살아오신 분들이었다.

마장동에서 일하는 분을 수소문해 도축된 소의 골을 어렵게 구했다. 검은 비닐에 쌓인 골은 소에게는 미안할 정도로 말랑하고 따끈했다.

세 개의 소골을 차 뒷좌석에 두고서 부모님 댁에 가는 내내 소골을 드시지 않더라도 아버지의 건강이 회복되길 바랐다. 어머니의 마음 씀만으로도 병이 물러가기를.

퇴근 후의 컴컴한 밤, 여행을 떠나는 소들도 한마디씩 하고 싶었을 텐데 아무 말이 없었다. 서로들 처음 만나 서먹했는지도 모르겠다. 시골길을 굽이굽이 돌아 부모님 댁에 갔다.

소골을 전해드리고 어떻게 했는지 어머니께 물어보지는 않았다. 결국 아버지는 혈액암 판정을 받고 항암치료를 시작하셨으니까.

아버지는 3개월 동안 병원 침대에서 옴짝달싹을 못 하셨지만, 후에는 지팡이를 짚고 다닐 정도로 나아지셨다. 친척들 중 누구도 아버지가 다시 일어서리라 생각하는 사람은 없었다. 놀라운 일이었다. 아흔이 가까워져 오던 아버지가 보란 듯이 병마와 싸우고 있던 모습은.

여느 암환자처럼 머리가 빠졌고, 치료하는 동안 혼수상태를 넘나들기도 했다. 겨울날, 고목의 전쟁 같은 모습을 곁에서 지켜보는 것은 정말 가슴 아픈 일이었다. 그래도 아버지는 우직한 소처럼 서서히 몸을 일으키셨다.

아버지가 퇴원하신 후 가족여행을 간 적이 있다. 시골길을 달리다 한가로이 풀을 뜯고 있는 소를 보았다. 소는 언제나처럼 순박한 표정으로 맛없어 보이는 풀을 열심히 씹고 있었다. 주위의 모든 것들이 자신과 무관하다는 듯 여유롭고 평화로워 보였다. 어딘가에서 그와 같았을 세 마리 소에게 감사의 인사라도 하고 싶었다. 어두운 여정, 함께 해줘서 고마웠다고.

암은 한동안 아버지의 몸속에 머물러 있었다. 다만 노인의 몸에서 기운을 쓰지 못하고 같이 늙어가고 있었던 것 같다. 아버지의 몸과 조용히 영역을 양분한 채 서로의 생명연장을 위해 휴전을 하고 있었는지도 모르겠다.

아마도 기분 탓일 게다. 돌아가시기 전 아버지의 눈이 점점 소의 착한 눈빛을 닮아갔던 것은.

# 겨울비 ___

여름의 해운대는 한반도에 필요한 모든 열기를 쏟아내는 것 같다. 브라질의 밀림이 지구에 필요한 산소를 생산하듯이. 여름밤의 해운대는 그야말로 욕망의 공장이다. 젊은이들은 여름 내내 그 공장의 가동을 위해 젊음을 소비한다.

반대로 겨울의 해운대는 거덜난 폐가와 같이 을씨년스럽다. 바다를 호위하는 고층 건물과 호텔이 있다 한들, 겨울밤의 차가운 분위기를 몰아낼 수는 없다. 간간이 터지는 폭죽은 가열찼던 여름의 부유물처럼 보이고 아이들은 깜깜한 밤에도 화약을 묻힌 얼굴로 몰려다닌다.

지난겨울 해운대에 갔다. 넓게 호를 그린 모래사장에는 몇 개의 점처럼 사람들이 있었다. 새들이 사라진 하늘에서 새의 흉내를 내고 있는 연들, 말 떼처럼 달려와 부서지는 파도를 바라보며 나는 무엇을 찾고 있었을까. 포말은 결국 포말임이 부끄러워 황급히 자취를 감추고 어딘가로 몰려가는 어지러운 발자국 사이에서 나도 같이 길을 잃었다.

고백하건대, 딱히 무언가를 찾고자 떠난 여행은 아니었다. 수년 동안 출판사를 다니며 지쳐 있었고, 한 번쯤은 정리가 필요했다. 되도록 책과 멀어질 것. 내가 한 번도 가보지 못한 곳에 갈 것. 그리하여 해남을 거쳐 해운대로 왔다. 물론 해운대를 처음 와 본 것은 아니었다. 당시의 여행은 어쩌다 상황이 만든 노정에 올랐을 뿐, 지도를 펼쳐놓고 고른 적은 없었다.

10년 만에 온 곳은 많이 변해 있었다. 해변의 낮은 건물들은 지각이 변동하듯이 스멀스멀 올라와 몇 번 휘청대다가 거의 자리를 잡은 것 같았다. 하지만 오랜만에 온 여행자에게 고층 빌딩은 차곡차곡 쌓아간 게 아니라, 어느 날 갑자기 하늘에서 떨어진 것처럼 보였다. 거대한 소비 도시로서의 풍모를 유감없이 발휘했다.

휘황한 불을 밝힌 해운대에도 어김없이 깊은 밤이 찾아왔고 나에겐 잠자리가 필요했다. 수소문한 지인은 내게 조용한 모텔이라며 소개해 주었다. 고층 건물 사이에 낮게 몸을 웅크린 곳이었다. 딱히 좋을 것도 나쁠 것도 없는, 내 주머니 사정과 어울리면 그만이었다. 모텔은 바다와 가까웠다. 귀를 기울이면 바다의 소리가 들려왔다.

모텔 방의 한쪽 벽면에는 커다란 거울이 있었다. 방의 크기에 비해 지나치게 컸다. 거울 한 귀퉁이에 '회개하라'라고 쓰여 있으면 마음이 무거워질 듯했다. 무슨 용도인지 짐작은 갔지만, 혼자 묵는 남자에게 큰 쓸모는 없을 것 같았다. 단지 여행자의 외로움을 조금은 덜어주는 기분이었다. 내가 움직이면 거울 속의 나도 한 치의 오차 없이 움직였다.

그날 밤 거울은 내게 무엇 때문에 이곳에 왔는지 묻고 또 물었다.


내 여행은 비를 동반한다. 적어도 하루 정도는 어떤 식으로든 비를 만난다. 가랑비든, 소낙비든, 겨울비든 종류와 상관없이 여행 중 하늘에서 떨어지면 결국 비였다. 해운대에서 보낸 다음날이 그랬다.

아침이 되자 비는 어김없이 내렸다. 눈을 떴을 때 차양이며, 보닛을 두드리는 빗소리가 들렸다. 내가 있는 곳을 일부러 찾아왔다는 듯, 창가의 빗소리는 조용히 나를 깨웠다.

비가 오는 아침의 겨울 바다는 그리 나쁘지 않았다. 다행히 바람은 불지 않았고 비는 수직으로 떨어져 모래사장에 꽂혔다. 아침부터 갈 곳 없는 한 무리의 젊은이들이 빗속에서 괴성을 질러댔다. 소리가 우렁찰수록 그들의 마음은 너덜너덜해지는 것 같았다. 전속력으로 모래사장을 달려가다가도 엎어져서 한동안 일어나지 않았고, 세상이 끝난 것처럼 비가 오는 하늘을 올려다보았다.

겨울 바다는 사람의 마음속에 들어가 무언가를 강하게 움켜쥔다. 심장은 그 공격에 저항하느라 조밀하게 요동치고 마음은 무엇인가를 사정없이 그리워한다. 그들은 과거보다는 다가올 미래를 향해 그리움을 표현하는지도 몰랐다. 그 미래는 틀림없이 불안을 동반함에도 불구하고.


2주간의 여행은 해운대에서 끝났다. 카페에 앉아 커피를 마시며, 젊음이 솟구치는 해변을 바라보며, 진혼곡 같이 몰려가는 구름을 바라보며, 집으로 돌아가야겠다고 생각했다. 한 번도 만나본 적이 없던 걸 만났던가. 한 번도 해 본 적 없는 것을 해 봤던가. 빈 지갑 같은 기억을 뒤적여 봤지만 그리 나쁘지는 않았다.

여행은 익숙한 꿈처럼 이어졌고, 나는 긴 수면에서 깨어난 것처럼 여행에서 돌아왔다. 아쉬운 게 있다면 그곳에 사람이 없었을 뿐이다. 시간이 지나 언젠가는 그 2주간의 여행을 풀어낼 것이다. 마지막 날 아침, 해운대 모래사장을 적시던 겨울비처럼 누군가가 심하게 그리워지는 이야기를.

# "오겡끼데스까?"

병원에 갔다. 엑스레이를 찍었다. 나인지 아닌지 알 수 없는 뼈다귀가 보였다. 의사가 나라고 하니 그런가 보다 했다.

엑스레이의 뼈다귀는 표정이 없다. 엑스선이 나를 투과할 때 씩 웃어준다 해도 사진 속의 녀석은 조금의 호의도 보이지 않을 것이다. 그래서 엑스레이 사진을 보면 기분이 묘해진다. 내 속에 저런 기괴한 것들이 들어 있다니.

가끔 보게 되지만 내게 안부 따윈 묻지 않는다. 싸늘하다. 오직 의사를 통해 녀석의 근황을 알게 될 뿐.

당연히 잘 지내지 못한다. 그럴 때만 소식을 듣게 되니까.

'오겡끼데스까?'

호기심을 가질지 몰라 일본어로 인사말을 던져본다. 당연히 과묵하다. 희미하게 미친놈, 이라고 이야기한 것 같기도 하다. 푸른 뼈다귀 주제에.

의사는 친절하게 설명해 준다. 크게 걱정할 건 없다고. 아이가 사소한 잘못을 저질렀을 뿐이라고 말하는 선생님 같다.

'아버님이 신경만 좀 더 써주세요.'

나라고 하니 나인 것 같은 뼈다귀를 병원에 남겨두고 온다. 녀석의 운명이 어찌 될지 알지 못한다. 소리소문 없이 사라지겠지. 달그락 소리를 조금 내던가.

우연한 기회에 우연히 만난 이를 면회하고 돌아가는 기분이다. 언젠가 다시 만나겠지. 안 만나도 큰 상관은 없고. 아니더 좋지 않나.

하늘은 엑스선에 노출된 것 같은 잿빛이다. 보일 듯 말 듯 내리는 눈. 뼈처럼 하얀 겨울이 온다.

## 15라운드를 버틴 록키처럼

세상이라는 '링' 위에서, 오늘도 그로기 상태일 당신에게

**초판 1쇄 인쇄** 2023년 6월 23일
**초판 1쇄 발행** 2023년 7월 7일

**지은이** 권희대
**펴낸이** 전지운
**펴낸곳** 책밥상
**디자인** Studio Marzan 김성미
**등록** 제 406-2018-000080호 (2018년 7월 4일)
**주소** 서울시 은평구 녹번동 79-39 다원오피스 301호
**전화** 010-8922-2446
**이메일** woony500@gmail.com
**블로그** https://blog.naver.com/woony500
**인스타그램** https://instagram.com/booktable1
**인쇄** 미래피엔피 **제책** 한솔피엔피 주식회사

ISBN 979-11-91749-18-2 03810 ©2023 권희대